Anne Maar · Das Geheimzimmer

Anne Maar

Das Geheimzimmer

Mit Illustrationen
von Klaus Vonderwerth

Ellermann Verlag

ISBN 3-7707-3003-8
Printed in Germany

Das Baumhaus

Die Sonne schien. Karla stand am Fenster und schaute hinaus. Unter ihr – sie wohnten jetzt im vierten Stock – sah sie einen kleinen Hof mit fünf Mülltonnen und einem Rasenstück. Gegenüber stand das ›Hinterhaus‹, und es war so nah, daß Karla in die Wohnungen hineinsehen konnte.
Sie beobachtete eine Frau, die kochte. Erst rührte sie in einem Topf und dann wusch sie etwas, das lang und dünn aussah. Wahrscheinlich Lauch, so genau konnte es Karla nicht erkennen.
Ein Stockwerk darunter saß ein Mann an einem Tisch und schrieb. Wenn Karla ein Fernglas gehabt hätte, hätte sie bestimmt sogar lesen können, was er da auf die weißen Blätter kritzelte. Karla sah, daß er auf dem Hinterkopf keine Haare mehr hatte. Immer, wenn er im Schreiben innehielt, kratzte er sich mit dem Kugelschreiber an der Glatze.
Als er einmal vergaß, die Mine reinzudrücken, malte er sich lauter blaue Striche auf den Kopf. Karla mußte lachen. Jetzt bemerkte es der Schreiber wohl selbst. Er wischte sich mit der Hand über den Kopf und ging aus dem Raum.
Karla drehte sich um und betrachtete ihr neues Zimmer. Es war größer als ihr altes. Es roch noch nach frischer Farbe, denn über das Bett hatte Papa ihr Lieblingstier gemalt, einen großen, grauen Elefanten. Daneben hatte Mama ein Foto gepinnt, auf dem ihr altes Haus zu sehen war.
Karla kniete sich aufs Bett und schaute es an.

Vor dem einstöckigen Haus stand eine alte, freundlich aussehende Frau – Karlas Oma. Sie winkte wie zum Abschied in die Kamera. Das Foto war kurz vor ihrem Umzug gemacht worden. Am Anfang der Sommerferien waren sie aus dem Dorf in die große Stadt gezogen.
Karla schlenderte ins Wohnzimmer, von dort ins Eßzimmer, dann ins Arbeitszimmer von Mama und von dort ins Schlafzimmer.
Alle Zimmer hatten Verbindungstüren, und es machte ihr Spaß, von einem Zimmer ins nächste zu gehen, ohne durch den Flur zu müssen. Überall standen noch Kisten herum, und es sah alles noch sehr neu und ungewohnt aus.
Karla ging in die Küche. Mama und Papa standen ratlos vor einigen Brettern, die einmal ein Regal werden sollten. Papa las die Anweisungen durch, und Mama untersuchte die Schrauben.
»Ich hab' Hunger!« sagte Karla.
»Ja«, sagte Mama. »Der Herd ist gerade etwas zugebaut...«
Tatsächlich standen all die Dinge, die einmal in das fertige Regal kommen sollten, auf dem Herd.
»Aber es sind noch Brötchen da!« sagte Papa und ging zu dem eingebauten Wandschrank.
»Und was gibt's drauf?« fragte Karla.
»Schau halt im Kühlschrank nach«, sagte Mama. »Ich kann mich jetzt gerade nicht darum kümmern!«
Karla zwängte sich zwischen Papa und einer Kiste hindurch zum Kühlschrank, fand darin aber nur einen Schraubenzieher, eine Packung mit Nägeln, drei Dosen mit selbstgemachter Leberwurst von Oma und eine Salami. Die mochte sie nicht.
»Ist ja gar nichts da«, beschwerte sich Karla.

Aber Mama und Papa redeten über den Aufbau des Regals und schienen sie gar nicht zu bemerken. Karla langweilte sich. Sie ging in den Flur.
»Weißt du, wo ich den Schraubenzieher hingelegt habe?« hörte sie Papa fragen.
»Ich geh' raus«, rief Karla.
»Aber paß auf wegen der Autos, und daß du dich nicht verläufst!« rief Mama ihr nach.
»Ja, ja«, brummte Karla und zog die Tür hinter sich zu.
Das Haus, in dem Karla nun wohnte, stand an einem Platz, der die Form eines Dreiecks hatte. In der Mitte wuchs ein hoher Baum. Rechts war ein Spielplatz mit Wippe und Sandgrube, auf der anderen Seite ein großes Mietshaus wie ihres. Karla wollte zu der Eisdiele, die ganz in der Nähe lag und in der sie vorgestern mit Mama und Papa Zitroneneis gegessen hatte.
Sie ging an dem Spielplatz vorbei, die Straße entlang, bis sie an eine breite Straße kam, auf der viel Verkehr war. Hier war auch eine U-Bahn-Station, die sich Karla erst gestern angeschaut hatte.
Auf ihrem Weg guckte sich Karla jedes Schaufenster an. Sie kam an einem Laden vorbei, der nur Drachen verkaufte. Karla blieb lange stehen und staunte in das Geschäft hinein. Riesengroße Drachen mit Gesichtern, gestreifte, einige mit Schwanz, Doppeldecker-Drachen – da gab es alles, was es an Drachen so geben konnte. Daneben war ein Café, vor dem heute sehr viele Menschen saßen. Sie rauchten und redeten und tranken in der Sonne ihren Kaffee. Karla konnte sich etwas Besseres vorstellen, als direkt an einer Straße Kuchen zu essen. Aber die schien das nicht zu stören.

Dann kam ein Frisörladen, vor dem Karla stehenblieb, um sich die merkwürdige Dekoration anzusehen. Halbe Schaufensterpuppen hingen in Seilen verstrickt von der Decke. Alle hatten Perücken auf.
Nachdem Karla noch an einer langweiligen Glaserei, in der es nichts zu sehen gab, vorbeigegangen war, erreichte sie endlich die Eisdiele. Auch hier waren viele Menschen. Sie standen in einer Schlange vor der Theke. Karla stellte sich hinten an.
Sie mußte lange warten, bis sie endlich an die Reihe kam. Und dann, als sie gerade sagen wollte, was sie nehmen wollte, drängte sich eine dicke Frau vor und bestellte.
»He!« sagte Karla. »Ich bin jetzt dran!«
»Nu warte mal, Kindchen«, schnaufte die dicke Frau und blieb ungerührt stehen. Die Dicke bestellte eine Riesenportion Eis, was lange dauerte, da sie sich auch noch ständig umentschied. Karla ärgerte sich.
Als die dicke Frau endlich gegangen war, wandte sich die Verkäuferin zu ihr.
»Was willste denn?« fragte sie.
»Dreimal Zitrone und Sahne bitte«, sagte Karla.
Die Verkäuferin füllte die Kugeln in einen Becher und schäumte Sahne darauf. Karla kramte in ihrer Hosentasche und erschrak: Sie hatte ihren Geldbeutel vergessen!
Die Verkäuferin hielt ihr den Becher hin. »2,50!« sagte sie.
»Ich hab' mein Geld vergessen«, sagte Karla.
Die Verkäuferin kniff den Mund zusammen. »Und was soll ich jetzt damit machen?« fragte sie unfreundlich. »Erst nicht früh genug drankommen können und dann nicht mal Geld dabei haben! Das hab' ich gerne!«

Sie kratzte die Sahne von dem Eis und tat die Kugeln, die Karla so gerne gegessen hätte, zurück in den großen Behälter.
Ein Mann, der als nächster dran kam, schob Karla zur Seite.
Karla ging hinaus. Langsam und schlecht gelaunt trat sie den Rückweg an – diesmal auf der anderen Straßenseite.
Vor ihrem Haus angekommen, setzte sie sich auf den Bürgersteig, um zu überlegen, was sie jetzt tun könnte. Ihr war die Lust am Eis vergangen. Mama und Papa waren bestimmt noch mit dem Regalaufbau beschäftigt und hatten keine Zeit, mit ihr in den Zoo zu gehen.
Plötzlich fuhr ein Junge auf Rollschuhen an Karla vorbei. Er war ungefähr so alt wie sie und ziemlich dick.
»He!« rief Karla.
Der Junge fuhr um den Baum herum.
»Was is'n?« fragte er.
»Wohnst du hier?« fragte Karla.
»Da!« antwortete der Junge und zeigte auf das Haus gegenüber. »Warum?!«
»Nur so«, sagte Karla. »Weil ich jetzt auch hier wohne.« Sie zeigte hinter sich auf das Haus.
Der dicke Junge betrachtete sie abschätzend.
»Haste 'n Mountain Bike?« fragte er dann.
»Was?« fragte Karla.
»Na, so ein Super-Fahrrad, wie ich eins hab', mit 21 Gängen und so…«
Karla schüttelte den Kopf.
»Aber ich!« sagte der Junge. »Und 'n Computerspiel, Nintendo oder so, haste das?«
Karla schüttelte wieder den Kopf.
»Aber ich! Haste wenigstens 'n Ghetto Blaster?«

»Was?« fragte Karla.
»Haste also nicht«, stellte der dicke Junge fest und wandte sich ab.
»Aber ich hab' eine Angel und einen ganz tollen Bogen!« sagte Karla schnell.
»Für was denn?« fragte der Junge.
»Na, zum Fische angeln und zum Bogenschießen natürlich, was denn sonst«, antwortete Karla.
»Kannste vergessen«, sagte der Junge wenig beeindruckt. »Aber vielleicht haste ja Rollschuhe?«
Karla nickte. »Ich hol' sie schnell!«
Sie rannte zur Tür. Dort drehte sie sich noch einmal um.
»Wie heißt du überhaupt?« fragte sie.
»Mark wie Pfennig«, antwortete der dicke Junge.

Karla klingelte stürmisch. Der schrille Ton war neu und ungewohnt. Sie hörte innen etwas rumpeln, dann kam Papa an die Tür.
»Diese Klingel!« sagte er zur Begrüßung. »Mama ist vor Schreck das Brett runtergefallen.«
»Tut mir leid!« sagte Karla hastig. »Ich muß gleich wieder runter, Mark wartet. Ich hol' nur schnell meine Rollschuhe!«
»Mark?« fragte Papa verwundert.
»Ja, Mark wie die Markklößchen aus der Suppe«, erklärte Karla und grinste. »Und er sieht auch so aus.«
Papa machte ein komisches Gesicht, aber Karla kümmerte sich nicht darum, sondern lief in ihr Zimmer. Gott sei Dank wußte sie, wo die Rollschuhe waren, denn die hatte sie erst gestern eingeräumt. Sie nahm sie und rannte mit einem »Tschüß!« wieder davon.

Mark hatte inzwischen einige Runden um den Baum gedreht. Als Karla hinunterkam und sich hinsetzte, um die Rollschuhe anzuschnallen, setzte er sich neben sie.
»Was soll das denn sein?« fragte er und deutete auf Karlas Rollschuhe.
»Was wohl?!« fragte Karla zurück. »Jedenfalls keine Schlittschuhe!«
»Sehn aber fast so aus«, sagte er. »Sind ja uralt!«
Das stimmte. Karlas Rollschuhe mit ihren roten abgewetzten Lederriemen sahen im Gegensatz zu Marks neonpinken, neuen ziemlich schäbig aus.
»Fahren tun sie trotzdem«, verteidigte sich Karla.
»Das wollen wir mal sehen«, sagte Mark und stand auf.
Karla stand auch auf und schon ging das Rennlaufen los. Marks Rollschuhe waren tatsächlich schneller als Karlas. Schon an der nächsten Ecke war er ihr ein gutes Stück voraus. Karla mußte sich anstrengen, um ihm nachzukommen.
Als sie einem Fahrrad auswich und auf der Straße fuhr, wie sie es gewohnt war, hupte sie auch noch ein Autofahrer wütend an.
Das war zuviel! Karla machte das Spiel keinen Spaß mehr. Sie blieb stehen und ließ Mark, der sich nicht einmal umdrehte, davonfahren.
Sie kehrte zum Haus zurück und fuhr allein noch ein paar Runden um den Baum.
Nach einer Weile kam Mark wieder.
»Na, was hab' ich dir gesagt!« sagte er triumphierend. »Mit den ollen Dingern kommste nicht weit! Muß schon was Besseres sein, um mit mir mithalten zu können!«
»Du bist vielleicht ein Angeber!« sagte Karla.

»Was bin ich!?« sagte Mark und ging langsam und drohend auf sie zu.
In diesem Moment kamen zwei Jungen aus dem Haus, in dem Mark wohnte.
»Mark«, rief der eine, der eine Brille aufhatte.
Mark drehte sich um.
»Hallo«, sagte der zweite Junge schüchtern.
»Kommst du mit zum See?« fragte der mit der Brille.
»Haste schon meine neuen Rollschuhe gesehen?!« entgegnete Mark. »Super, was?!«
»Hier gibt's einen See?« fragte Karla überrascht. Sie war in der Nähe stehengeblieben und kam jetzt auf die drei zu.
Der Schüchterne nickte.
»Die sind ja hypermatisch!« sagte der mit der Brille, der sich die Rollschuhe genauer anguckte.
»Ich komm' mit!« sagte Karla.
»Wer ist das denn?« fragte der mit der Brille und schaute Mark an.
»Ich bin Karla«, antwortete Karla. »Ich wohn' jetzt hier!«
Der Schüchterne lächelte sie an.
»Ich bin Klaus-Uwe«, stellte er sich vor. »Und das ist Arno.«
Er zeigte auf seinen Freund mit der Brille.
»Also, was ist jetzt?« fragte Arno. »Kommt ihr jetzt mit zum See? Ich muß um fünf wieder hier sein, da kommt ›Der Plakatierer‹ im Fernsehen!«
Er guckte auf seine Armbanduhr.
»Meine Mutter will nicht, daß ich alleine S-Bahn fahre«, sagte Mark betreten.
»Doch nicht alleine!« Klaus-Uwe guckte ganz entsetzt. »Meine große Schwester fährt doch mit!«

»Ach so... Bin gleich wieder da«, sagte Mark und war auch schon verschwunden.
»Ich auch!« rief Karla und rannte nach oben.

Diesmal klingelte sie nur einmal und auch ganz vorsichtig. Dennoch hörte sie wieder etwas rumpeln und Papa laut »Mist!« fluchen.
Papa machte die Tür auf, die Hand auf sein linkes Knie gepreßt.
»Jetzt hab' ich aber ganz vorsichtig geklingelt«, sagte Karla.
»Bin gestolpert«, murmelte Papa und humpelte in die Küche zurück.
Karla holte schnell ein Handtuch aus dem Bad und warf es zu ihrem Badeanzug in die Korbtasche.
»Ich geh' mit Mark, Klus-Uwe und noch so einem mit Brille zum See!« rief Karla in den Flur.
»Was?« rief Mama aus der Küche. »Mit wem? Zu was für einem See denn? Nicht alleine!«
Aber Karla hatte schon die Tür hinter sich zugezogen.

Unten an dem Baum trafen sie sich alle. Klaus-Uwes große Schwester war lang und dünn und kaute Kaugummi.
»Das ist meine Schwester Clarissa«, stellte Klaus-Uwe sie Karla vor. Man konnte deutlich merken, daß er sehr stolz auf sie war.
»Wer 's das denn?« fragte Clarissa und musterte Karla. »Will die etwa auch mit?«
Klaus-Uwe nickte.
»Mann, bin ich Kindergärtnerin oder was?!« sagte Clarissa und spuckte ihren Kaugummi genervt auf den Boden.

»Aber Clarissa, Karla ist neu hier und ich dachte…« begann Klaus-Uwe.
»Ja, ja, ist ja schon gut, sie kann mit. Aber nicht, daß das jetzt jeden Tag mehr werden, verstanden, ey?!«
Sie gingen zusammen zur S-Bahn.
Während der Fahrt schminkte sich Clarissa ausgiebig und kümmerte sich nicht weiter um ihre jüngeren Begleiter.
Mark hatte seine neuen Taucherflossen mitgebracht, die er erst einmal allen zeigen mußte. Karla hatte Angelschnur und Haken in der Badetasche, aber sie verriet nichts davon.
Sie fuhren ziemlich lange mit der S-Bahn. Karla wunderte sich, wie groß die Stadt war und daß es überhaupt so viele Häuser geben konnte.
Endlich mußten sie aussteigen. Noch ein paar Minuten zu Fuß, und sie hatten den See erreicht. Er war unglaublich groß und sagenhaft voll mit Menschen, die sich am Strand sonnten oder badeten. Clarissa hatte sich mit ihrem Freund verabredet, der am Eingang – man mußte nämlich Eintritt zahlen, wie bei einem Freibad – auf sie wartete. Bis zur gemeinsamen Rückkehr wollte sie von ihrem kleinen Bruder und seinen Freunden nun nichts mehr wissen.
»Wir treffen uns um vier an der Currywurst-Bude«, sagte Clarissa.
»Die find' ich nie«, sagte Klaus-Uwe. »Können wir uns nicht…«
»Klar finden wir die!« sagte Arno und zupfte ihn am Ärmel.
Mark war zielstrebig über den Strand vorausgegangen, um einen Platz zu besetzen. Karla lief zu ihm hinüber und breitete ihr Handtuch neben seinem aus. Klaus-Uwe blieb unschlüssig stehen.

Doch da sich auch Clarissa mit ihrem Freund einen Platz gesucht hatte und weggegangen war, ließ er sich endlich von Arno überreden und kam mit.
Zuerst gingen sie alle schwimmen. Das heißt, Mark, Arno und Karla gingen schwimmen. Klaus-Uwe wagte sich nur bis zum Bauch ins Wasser und blieb dort stehen. Er hatte Angst, untergetaucht zu werden.
»Wir tunken dich doch nicht!« versuchte ihn Arno zu beruhigen.
»Ihr nicht, aber vielleicht jemand anderer«, sagte Klaus-Uwe und blieb sicherheitshalber in der Nähe des Ufers.
Karla schwamm Mark und Arno flink voraus. Und obwohl Mark nicht nur seine neuen Taucherflossen an-, sondern auch eine Taucherbrille aufhatte, konnte er sie nicht einholen.
Karla tauchte und schwamm ihnen unter Wasser entgegen. Kurz vor den beiden kam sie prustend wieder an die Oberfläche.
»Ih!« schrie Mark auf.
»Was ist denn? Was habt ihr denn? Ein Fisch?!« hörten sie Klaus-Uwe rufen.
»Nichts!« rief Arno ihm zu. »Das war gut!« sagte er zu Karla. »Fast so gut wie Flipper!«
»Ph, Flipper«, erwiderte Karla. »Als Floßkapitänin muß man eben gut schwimmen können!«
»Floß?« fragte Mark. »Wieso?«
»Weil ich halt eins hab', zu Hause, also... da, wo ich früher gewohnt hab'«, erklärte Karla. »Selbstgebaut und seetüchtig wie nur was! Hast du wohl noch nie gemacht, was?«
»Ne«, antwortete Mark. »Wozu auch? Wenn schon, dann 'n richtiges Schlauchboot mit Außenbordmotor!«

»Ich hab' da mal so was gesehen«, fiel Arno begeistert ins Gespräch. »Im Fernsehen, da haben welche so'n Floß gebaut, um von 'ner Insel wegzukommen, die waren schiffbrüchig... Das war vielleicht spannend!«
»Hier gibt's ja gar keine Insel!« sagte Mark, und damit war das Gespräch für ihn beendet. Sie schwammen zum Ufer zurück.
Klaus-Uwe stand immer noch zitternd im Wasser und freute sich, daß sie endlich wiederkamen. »Da seid ihr ja! Ich dachte schon, ihr seid ertrunken oder was noch Schrecklicheres...«
»Wenn du solche Angst vorm Schwimmen hast«, sagte Karla, »dann sollten wir vielleicht das nächste Mal nur angeln.« Und sie holte aus ihrer Badetasche die Schnur mit Haken.
»Angeln?« fragte Klaus-Uwe unsicher. »Das ist doch viel zu gefährlich. Hier sind so viele Menschen...«
Karla blickte über den See. Zum Angeln war es wirklich zu voll. Nicht nur, daß sich Menschen an dem Haken verletzen konnten, von hier waren die Fische wahrscheinlich sowieso schon längst geflohen.
»Na ja, dann weiter da hinten«, schlug Karla vor und zeigte in Richtung der Flußmündung.
»Da kommen wir doch gar nicht so einfach hin«, sagte Klaus-Uwe.
Karla kniff die Augen zusammen, um das andere Ufer besser erkennen zu können.
»Da ist doch ein Weg«, sagte sie. »Irgendwie kommt man da bestimmt hin!«
»Die armen Fische«, sagte Klaus-Uwe.
»Angeln ist doch total umständlich«, mischte Mark sich ein. »Wenn du welche essen willst, kannst du auch zu einer Bude

gehen... Dahinten, da bei dem Springturm, da gibt's ganz gute.«
»Es geht doch nicht ums Essen!« sagte Karla.
»Na, wenn du 'n Fisch fürs Aquarium willst, dann gehst du in 'nen Tierladen, da gibt's sowieso viel mehr Auswahl!«
»Hm«, brummte Karla.
»Angeln ist schon was ganz anderes«, sagte Arno, während er seine Brille aufsetzte. »Ich hab' mal einen alten Mann gesehen, der hat einen hypermatisch großen Fisch gefangen, ganz allein, nur mit 'ner Angel oder so was Spitzem, das war vielleicht spannend!«
»Was?! Hier?!« fragte Karla.
»Nein, im Fernsehen«, antwortete Arno und schaute auf seine Uhr. »Wir müssen los! Sonst kommen wir noch zu spät!«
Sie packten ihre Sachen zusammen und gingen ohne Umwege und Verirrungen zum vereinbarten Treffpunkt, der Currywurst-Bude in der Nähe des Eingangs. Doch Clarissa war nicht da.
Sie stellten sich vor die Bude, warteten und hielten nach ihr Ausschau.
»Vielleicht hat sie ja einen anderen Currywurst-Stand gemeint«, sagte Klaus-Uwe besorgt. »Oder es ist ihr was passiert!«
Arno guckte wieder auf seine Uhr.
»Wenn sie in zwei Minuten nicht da ist, dann müssen wir eben alleine fahren«, sagte er. »Sonst verpaß' ich noch den Anfang vom ›Plakatierer‹!«
»Aber wir können doch nicht einfach ohne sie losgehen«, sagte Klaus-Uwe.
»Da ist sie«, sagte Karla, die die große Schwester von Klaus-

Uwe nicht weit entfernt in inniger Umarmung mit ihrem Freund entdeckt hatte. Nachdem sie sich zu Ende verabschiedet hatte, kam sie zu ihnen herübergeschlendert.
»Jetzt aber los!« sagte Arno und lief schon los.
»Ey, ich wollt' mir noch 'ne Currywurst kaufen!« rief Clarissa. Aber Arno war nicht mehr aufzuhalten, und so folgten sie ihm gleich – ohne Currywurst.

Als Karla nach Hause kam, war das Küchenregal aufgebaut, der Herd leergeräumt, und Mama kochte.
»Na, wie war's am See?« fragte sie Karla.
»Ganz schön«, antwortete sie. »Aber so voll... und so weit weg.«
»Und die anderen Kinder? Sind die nett? Hast du gleich wieder eine neue Bande gegründet?« fragte Papa und stupste sie sanft in die Seite.
»Ich weiß nicht«, antwortete Karla. »Ich glaub', die sind zu doof dazu. Wollen nicht mal angeln!«

In den nächsten Tagen ging Karla viel mit Mama und Papa fort, die Stadt erkunden. Sie waren im Zoo, in verschiedenen Eisdielen, im Kindertheater und einmal sogar im Kino. Davon war Karla besonders beeindruckt.
Zweimal war sie noch mit Mark, Arno, Klaus-Uwe – und Clarissa – am See, aber es gefiel ihr dort nicht so gut. Es gab einfach keine Möglichkeit, ein Floß zu bauen oder zu angeln. Und die anderen schienen das nicht einmal zu vermissen.
Und so blieb sie oft daheim – etwas mürrisch – oder setzte sich unter den Baum auf den kleinen Platz und las.

Eis

Als sie eines Nachmittags so unter dem Baum saß und einen Brief von ihrer Oma zum dritten Mal las, kamen gerade Mark, Arno, Klaus-Uwe und Clarissa vom Baden zurück.
»Was machst du denn da?!« fragte der dicke Mark und baute sich vor ihr auf.
Karla schaute ihn an. »Ich hab' mir einen Plan ausgedacht«, antwortete sie und steckte den Brief in die Hosentasche.
»Was denn für 'nen Plan?« fragte Mark weiter.
»Einen Schatzplan?« fragte Arno. »Ich hab' da mal was gesehen…«
»Nein, keinen Schatzplan«, unterbrach ihn Karla.
»Was denn dann?« fragte Mark.
»Einen Plan, was wir zusammen machen könnten!«
»Was denn?« fragte Klaus-Uwe. Er schaute sich nach seiner Schwester um, doch die war schon längst ins Haus gegangen.
»Warum denn?« fragte Mark.
»Na ja, es ist doch doof, immer so weit zum See zu fahren und immer muß die Schwester von Klaus-Uwe mit…« begann Karla zu erklären.
»Clarissa macht das aber gerne!« sagte Klaus-Uwe.
»Ja schon, aber, wenn wir hier was zusammen machen würden, das wär' doch besser!«
»Tolle Idee!« sagte Arno und guckte auf seine Uhr. »Jetzt in zehn Minuten kommt was im Fernsehen, wir könnten doch alle zu mir gehen und…«
»Nein, so was meine ich nicht«, unterbrach ihn Karla wieder und war schon fast ärgerlich.
»Was denn dann?« fragte Mark.
»Wir könnten uns ein Baumhaus bauen!« sagte Karla. Sie zeigte auf den Baum hinter sich.

»Ein Baumhaus?« fragte Klaus-Uwe und guckte mit zurückgelegtem Kopf nach oben. »Da oben? So hoch?« Der Gedanke schien ihn nicht gerade mit Begeisterung zu erfüllen.
»Hypermatisch!« sagte Arno. »Ich hab' da mal was gesehen, da haben Kinder so...«
Karla schaute ihn böse an. Er hielt inne.
»Das war auf jeden Fall superspannend, und ich wollte auch schon immer mal so was machen!« fuhr er fort.
»Ehrlich?« fragte Karla und schaute ihn anerkennend an.
»Klar! So mit Strickleiter und so... und mit Antenne!«
»Wieso Antenne?« fragte Karla.
»Für den Fernseher!« erklärte Arno.
Karla wollte etwas erwidern, aber Mark kam ihr zuvor: »Kann mir mal einer verraten, wo wir das Haus herkriegen sollen?... Ich hatte mal so was, so 'n Haus, früher, aber das war aus Pappe... Das weicht ja sofort auf, wenn's mal regnet. Ich weiß nicht, ob's so was auch aus Plastik gibt... Außerdem war das viel zu klein für vier!«
»Das Haus müssen wir doch erst bauen – selber machen!« erklärte Arno.
Karla nickte.
»Bauen?!« fragte Mark.
»Hält das denn auch?« fragte Klaus-Uwe. »Kann das nicht abstürzen?«
»Ach was!« sagte Karla. »Das wird festgenagelt! Ich hab' schon ganz viele Baumhäuser gebaut, ich kann das!«
»Und was macht man dann damit?« fragte Mark.
»Wir gucken Fernsehen im Freien!« schlug Arno vor.
»Quatsch!« sagte Karla. »Hier ist ja gar kein Strom!«
»Wir können ja so spielen, als ob«, sagte Arno fröhlich.

»Wir können alles mögliche machen... Leute beobachten... und andere Sachen. Uns fällt bestimmt was ein!« sagte Karla.
»Ich finde die Idee hypermatisch superklasse. Ich mache mit!« verkündete nun Arno.
Karla hüpfte vor Freude in die Luft.
»Also... ich... ich weiß nicht, ob meine Mutter das erlaubt, aber ich frage mal nach«, sagte Mark.
Karla schüttelte ihm verschwörerisch die Hand.
Und Klaus-Uwe?
»Ja, wenn alle mitmachen, dann... aber... ich glaube, na ja...«, sagte er.
»Juhu!« rief Karla. »Es klappt!«
Arno guckte auf seine Uhr. »Jetzt hab' ich aber keine Zeit mehr«, sagte er. »Gleich fangen die ›Waltons‹ an, und ich muß auf meine Geschwister aufpassen!«
»Also, dann treffen wir uns morgen um zwei zur ersten Lagebesprechung hier unten!« sagte Karla.
Sie knuffte jeden der drei freundschaftlich an die Schulter, und sie gingen auseinander.

Später, als Karla beim Essen saß, entwarf sie im Kopf schon Baupläne für das Baumhaus. Ihre plötzliche gute Laune blieb bei Mama und Papa nicht unbemerkt.
»Warst du heute wieder am See?« fragte Mama neugierig.
Karla schüttelte kauend den Kopf. Sie war gerade dabei, eine Werkzeugliste aufzustellen und mußte sich konzentrieren, um nichts zu vergessen.
»Hast du mit den anderen Kindern gespielt?« startete Mama einen neuen Versuch, ihr den Grund für die veränderte Stimmung zu entlocken.

»Ne, die waren am See!« antwortete Karla knapp und nahm sich noch zwei Kartoffeln. Sie überlegte gerade, ob die Packung mit den großen Nägeln wohl noch im Kühlschrank lag, wo sie sie neulich gesehen hatte.
Mama und Papa schauten sich an.
»Hast du einen netten Brief gekriegt?« fragte Papa, der sich erinnerte, daß sie heute Post von Oma bekommen hatte.
»Jein«, antwortete Karla. »Oma geht es gut, aber sie vermißt uns und will, daß wir bald kommen.«
»Ja...« sagte Mama langsam und blickte dann hilfesuchend zu Papa hinüber. »Weißt du, wir hoffen auch, daß wir es noch in den Ferien schaffen, aber versprechen können wir es nicht...«
»Aber nicht jetzt gleich, ja?« sagte Karla.
Mama und Papa sahen sie erstaunt an.
»Wir dachten, du willst am liebsten sofort...« sagte Papa.
»Ja, eigentlich schon«, sagte Karla. »Aber jetzt muß ich doch erst noch rauskriegen, ob ich mit den anderen Kindern nicht doch eine Bande gründen kann!«
Sie grinste, gab dem verdutzten Papa und der verdutzten Mama einen Kuß und ging in ihr Zimmer.
Dort schrieb sie tatsächlich eine Liste. Holzbretter und Nägel, Hammer und eine Zange standen auf dem Zettel. Und als sie ins Bett ging, freute sie sich auf den nächsten Tag und das Baumhaus.

Schon vor zwei Uhr ging Karla auf den Platz, um den Baum genauestens zu untersuchen. Sie sprang in die Höhe, bekam den untersten Ast zu fassen, zog sich daran hoch und kletterte nach oben.

Der Baum war für ein Baumhaus bestens geeignet. Die Äste waren nicht weit auseinander und man konnte bequem hinaufklettern. In der Mitte der Krone wuchsen außerdem zwei dicke Äste fast auf gleicher Höhe – die idealen Grund-Stämme für den Baumhausboden.

Karla setzte sich auf einen dieser Äste und ließ die Beine baumeln. Hier oben, umgeben von Ästen und Blättern, fühlte sie sich richtig wohl. Wenn nicht die Straßengeräusche gewesen wären, hätte sie sogar glauben können, sie wäre gar nicht in der Stadt.

Gegenüber von Karlas Platz, hinter dem dichten Laub, war ein Balkon.

Karla konnte erkennen, daß eine Frau dort saß, eine Tasse vor sich auf einem kleinen Tischchen, und in einer Illustrierten blätterte. Jemand kam aus der Wohnung, ein dicker Junge, und stellte sich vor sie. Es war Mark.

Karla rutschte auf dem Ast vorsichtig ein bißchen weiter vor, aber nur soviel, daß sie besser beobachten konnte, ohne selbst gesehen zu werden.

Die Frau, wohl Marks Mutter, blickte kurz von ihrer Illustrierten auf. Karla fand, daß sie nicht besonders freundlich aussah. Mark schien etwas zu fragen. Er guckte dabei auf den Boden und wirkte eingeschüchtert, ganz anders, als Karla ihn sonst kannte.

Der Balkon war zu weit entfernt, so daß Karla nichts hören konnte. Seine Mutter gab ihm eine Antwort, deutete auf ihre Uhr und verschwand wieder hinter der Illustrierten. Mark sagte noch etwas, aber da seine Mutter nicht reagierte, ging er wieder zurück in die Wohnung.

Unter Karla waren auf einmal Stimmen zu hören. Sie guckte

hinunter und entdeckte Arno und Klaus-Uwe, die unten am Baum standen.
»He!« rief sie.
Die beiden schauten suchend auf dem Platz umher.
»Hier bin ich!« rief Karla.
Arno und Klaus-Uwe guckten nach oben.
»Hallo«, rief Arno.
»Paß auf, daß du nicht runterfällst!« rief Klaus-Uwe.
»Keine Sorge«, sagte Karla.
In diesem Moment kam Mark dazu.
»Was machst du denn da?« fragte er.
»Den besten Platz für das Baumhaus suchen«, antwortete Karla. »Kommt doch auch hoch!«
»Wie denn?« fragte Mark.
»Ohne Strickleiter?« fragte Arno.
»Na, mit der Räuberleiter«, sagte Karla.
»Was für 'ne Leiter?« fragte Mark.
»Ich glaube, Räuber haben es nicht so gerne, wenn man ihnen ihre Leiter wegnimmt«, sagte Klaus-Uwe.
»Nein, das ist doch was anderes! Einer legt die Hände zusammen, und der andere stellt sich dann mit dem Fuß drauf, damit er hoch kommt. Klar?« Karla machte eine Geste mit den Händen, um es ihnen vorzumachen.
»Das geht nicht!« sagte Mark. »Ich hab' meine neue Jacke an!«
»Na und?« fragte Karla.
»Ich darf sie nicht schmutzig machen!«
»Dann zieh sie eben aus!« sagte Karla, die langsam ungeduldig wurde.
»Das geht nicht!« sagte Mark. »Meine Mutter will das nicht.

Sie sagt, sie wird mir sonst geklaut. Ich darf sie auf keinen Fall ausziehen!«
Karla schaute hinüber zu dem Balkon, auf dem Marks Mutter saß und in ihrer Illustrierten blätterte. Sie sah wirklich nicht besonders nett aus.
Karla seufzte und gab sich geschlagen.
Vom letzten Ast sprang sie mit einem Satz auf den Boden und landete neben Mark, der Arno und Klaus-Uwe gerade seine neue ›He-Man‹-Figur zeigte.
»Der ist ja super«, sagte Arno. »Ich hab' mal einen Film gesehen, da mußte der mit so einem Monster kämpfen.«
»Ich mag die nicht so gerne«, sagte Klaus-Uwe. »Ich mag Schlümpfe lieber.«
»Ja, die sind auch immer lustig«, bestätigte Arno. »Übermorgen um 16 Uhr 15 wieder.«
»He!« unterbrach Karla das Fachgespräch. »Können wir jetzt mit dem Baumhaus anfangen?!«
»Klar!« sagte Arno und schaute sie erwartungsvoll an.
»Wie denn?« fragte Mark.
»Also«, begann Karla. »Was wir zu allererst brauchen, ist Holz.«
»Holz«, wiederholte Arno.
»Was denn für Holz?« fragte Mark.
»Bretter zum Baumhausbauen eben«, erklärte Arno.
»Richtig!« sagte Karla. »Wißt ihr, wo's hier so was gibt?«
»Im Heimwerkermarkt«, sagte Mark. »Da ist einer gar nicht weit von hier...«
»Gibt's da Holz umsonst?« fragte Karla.
»Ne, zum Kaufen natürlich«, antwortete Mark.
»Das können wir doch gar nicht bezahlen!« sagte Karla.

Arno und Klaus-Uwe nickten.
»Dann weiß ich auch nichts«, sagte Mark.
»Wir haben das Holz immer von einem Schreiner bekommen, Ausschuß und so«, erzählte Karla. »Gibt's hier keinen Schreiner?«
»Schreiner?!« fragte Mark, und guckte als wüßte er nicht, was das ist.
»Das ist einer, der Regale und Betten baut«, erklärte ihm Arno. »Ich hab' da mal was über so einen Schreiner in der ›Sendung mit der Maus‹ gesehen. Das war ziemlich interessant.«
»So was gibt's hier nicht!« sagte Mark kopfschüttelnd. »Hier gibt's nur Möbel-Hübner.«
»Hm«, machte Karla. Alles war hier soviel schwieriger als auf dem Dorf. »Was machen wir denn jetzt?«
»Wir könnten doch alle zu mir gehen und Cola trinken und dann um vier...« Arno schaute auf seine Uhr.
»Ich weiß, wo es vielleicht Holz geben könnte«, sagte plötzlich Klaus-Uwe, der Mitleid mit Karla hatte.
»Ja!?« rief Karla und ihr Gesichtsausdruck hellte sich augenblicklich auf.
»Wo?«
»Ja, also, vorgestern, da bin ich mit Clarissa zum Frisör gegangen«, begann Klaus-Uwe. »Weil, sie wollte sich eine Dauerwelle machen lassen – habt ihr gesehen, daß sie jetzt Locken hat? Sieht gut aus, was?«
Er schaute die anderen fragend an, und alle nickten, damit er schnell weitererzählte.
»Ja, und Clarissa meinte, ich soll mitkommen, weil meine Haare schon ein bißchen lang waren. Also ich fand das nicht, aber wenn Clarissa meint...«

Er lächelte verlegen.
»Na ja, jetzt sind sie vielleicht ein bißchen zu kurz, aber das wächst ja nach...« Er strubbelte sich mit der Hand über die blonden Haare, die wie eine Bürste nach oben standen.
Da ihn alle unverwandt anguckten, wurde er etwas rot. Er schaute auf den Boden und hatte offenbar vergessen, was er eigentlich erzählen wollte.
»Und?« fragte Karla nach. »Da beim Frisör gab's Holz?«
»Ach nein, da doch nicht!« sagte Klaus-Uwe und schaute Karla erstaunt an, wie sie nur auf diese Idee kommen konnte.
»Wo denn dann?« fragte Mark.
»Auf dem Weg zum Frisör, also Clarissa geht immer so einen kleinen Umweg, weil sie dann an einem Plattenladen vorbeikommt, wo sie immer reingeht«, begann Klaus-Uwe wieder. »Sie hat nämlich so einen ausgefallenen Musikgeschmack, und der Laden, der hat so Sachen, die sie mag, und deshalb geht sie immer den Umweg, weil, eigentlich geht sie ja nicht so gerne, also nicht soviel, sie fährt dann lieber mit der U-Bahn oder mit dem Bus...«
Karla wurde unruhig.
»Aber da gibt's eben keine U-Bahn-Station und mit dem Bus spart man eigentlich auch nicht viel Weg«, erzählte Klaus-Uwe weiter. »Deshalb muß sie eben hinlaufen, und das verbindet sie dann, ich meine, den Frisör und den Plattenladen. Das ist doch geschickt, oder?«
»Toll«, sagte Arno.
»Ich weiß nur nicht, was das mit dem Holz zu tun hat«, sagte Karla.
»Warte doch, das kommt ja jetzt«, sagte Klaus-Uwe. »Daneben nämlich, also neben dem Plattenladen, da wird ein Haus

renoviert. Da schütten die Bauarbeiter von ganz oben Schutt und Dreck in so ein komisches Rohr, das aus lauter Mülleimern zusammengesetzt ist... also, so sieht es wenigstens aus... viele Eimer... Ich bin ganz schön erschrocken, als das dann da runterkrachte, also der Dreck, das könnt ihr mir glauben!« Er sah sich Bestätigung suchend in der Runde um. Mark gähnte. Arno nickte.

»Das ist dann alles in so einem Container gelandet«, fuhr Klaus-Uwe fort. »Und da war auch Holz drin, das hab' ich gesehen. Ich weiß natürlich nicht, ob's richtig ist, aber...«

»Sehr gut!« unterbrach ihn Karla und klopfte ihm anerkennend auf die Schulter, wobei Klaus-Uwe etwas zusammenzuckte. »Das sind mindestens zehn Pluspunkte!«

»Was denn für Pluspunkte?« fragte Klaus-Uwe verwirrt, aber Karla war so in ihrem Element, daß sie nicht antwortete.

»Wir gehen jetzt zu dem Container, holen das notwendige Holz und fangen gleich mit dem Bauen an!« bestimmte sie und lief schon los, ohne zu wissen, wohin sie überhaupt mußten.

»Halt!« rief Klaus-Uwe. »Nicht so schnell!«

Karla blieb stehen.

Klaus-Uwe und Arno gingen zu ihr hinüber. Mark blieb unter dem Baum stehen.

»Ich kann nicht mitkommen!« sagte er, die Hände in den Hosentaschen vergraben.

»Wieso nicht? Kneifst du etwa?« fragte Karla.

»Ne«, antwortete Mark und kickte einen Stein weg. »Meine Mutter hat gesagt, ich soll pünktlich zu Hause sein...«

»Ach so«, sagte Karla und schaute hoch zu dem Balkon. Marks Mutter war nicht mehr zu sehen. »Schade.«

»Bis morgen«, murmelte Mark und ging ins Haus zurück. Karla stupste Klaus-Uwe an, der Mark betrübt nachschaute, und zu dritt machten sie sich auf den Weg zu dem Container. Karla lief voran, dicht gefolgt von Klaus-Uwe, der ihr immer im voraus sagte, wann sie nach rechts oder links abbiegen mußten. Arno trabte im Laufschritt neben ihm her. Endlich konnte Karla am Ende einer Straße das Haus erkennen, das mit der Eimer-Schlange aussah, als hätte es einen Rüssel.
Die letzten Meter dorthin rannte sie. Sie war zu aufgeregt, um auf die anderen warten zu können.
Der Metallcontainer stand direkt vor dem Haus. Karla stellte sich auf die Zehenspitzen, um besser hineinsehen zu können. Der Container war halb voll. Verdreckt und verdeckt unter einigem Mörtel und halben Steinen erkannte Karla Bretter. Richtig alte Dielenbretter, fest und tragfähig.
»Ist Holz da?« fragte Arno, der nun mit Klaus-Uwe hinter ihr stand.
»Ja«, sagte Karla. »Jetzt müssen wir es nur noch hier rauskriegen.«
»Aber wir müssen doch zuerst fragen!« sagte Klaus-Uwe.
»Fragen? Wen denn?« fragte Karla.
»Ich weiß nicht. Aber wir können das doch nicht einfach mitnehmen«, antwortete Klaus-Uwe.
»Wieso, ist doch Müll«, sagte Karla.
»Ja, schon... Aber wir müssen trotzdem jemand fragen.«
Karla sah Klaus-Uwe zweifelnd an.
»Ist ja vielleicht sogar gut«, mischte sich jetzt Arno ein. »Derjenige kann uns dann auch gleich helfen, das Holz rauszuholen.«
»Fragen wir also jemanden«, sagte Karla. Sie schaute sich um.

Außer einer Zigarre rauchenden alten Frau, die vor der Tür des Nebenhauses stand, war niemand zu sehen. Karla ging auf sie zu.
»Entschuldigung, wir hätten gern das Holz da aus dem Container, können wir das haben?« sprach sie die alte Frau an.
»Weiß ich doch nicht«, sagte die Frau unfreundlich und drehte ihr den Rücken zu.
»Seht ihr?!« sagte Karla zu Klaus-Uwe und Arno, die ihr mit offenem Mund zugehört hatten.
»Ich glaube, das war nicht die richtige«, stellte Arno fest.
»Du mußt jemand anderen fragen«, sagte Klaus-Uwe.
»Wen denn?« fragte Karla schon etwas genervt. »Hier ist ja niemand!«
»Im Haus vielleicht«, sagte Klaus-Uwe.
Karla verdrehte die Augen.
»Da wär' ich aber auch vorsichtig«, sagte Arno und musterte argwöhnisch das Haus.
Es sah ziemlich baufällig und düster aus.
»Ich hab' mal einen Film gesehen, da haben sich lauter Kriminelle, so Drogenhändler und so was, in einem Haus versteckt, das sah ziemlich ganz genauso aus!«
»Wirklich?« fragte Klaus-Uwe und trat sicherheitshalber ein paar Schritte von dem Haus zurück. Arno nickte ernsthaft. »Die hatten Pistolen und haben jeden umgelegt, der einfach so ins Haus gekommen ist!«
»Oh«, sagte Klaus-Uwe und guckte das Haus an, als erwarte er jeden Augenblick, daß maskierte Männer mit Pistolen herausgestürmt kämen.
»Ach was!« sagte Karla. »So ein Blödsinn!«
Sie ging auf die Haustür zu. Sie drückte die Klinke herunter

und wollte sich gerade gegen die Tür stemmen, als sie von innen geöffnet wurde und Karla fast hineinflog.
Klaus-Uwe schrie auf und hielt sich die Hände vor den Mund.
Ein Bauarbeiter stand vor Karla.
»Was willst du denn hier?« fragte er barsch und spuckte auf den Bordstein. »Ist nicht gut hier für Kids wie dich, ja, Baustelle und so, klar?«
»Ich wollte nur fragen, ob wir von dem Holz was haben können«, sagte Karla mutig und zeigte auf den Container.
Der Mann guckte gar nicht richtig hin.
»Ist nicht drin«, sagte er gleich und spuckte wieder aus, knapp an Karlas Schuh vorbei. »Könnt' ja jeder kommen!«
»Na und?!« antwortete Karla noch mutiger. »Wär' doch gut, dann wär's weg!«
»Willst wohl frech werden?!« fuhr der Mann sie an. »Paß mal auf....«
Er packte sie am Arm und zerrte sie weg vom Haus.
»Wenn du nicht sofort hier abhaust, dann gibt's ganz schönen Ärger! Kinder haben an Baustellen nichts zu suchen, und im Müll rumwühlen ist nicht, klar?!!«
Er schubste sie fort, drehte sich um, steckte sich eine Zigarette an und ging ins Haus zurück.
Karla sah ihm wütend nach.
»So ein Grobian!« schimpfte sie laut. »So ein gemeiner Hund, so ein Blödmann, so ein fieser Kerl!«
Sie ging, sich den Arm reibend, zurück zum Container, hinter dem sich Arno versteckt hatte. Klaus-Uwe war verschwunden.
»Der war aber nicht gerade nett«, sagte Arno. »Fast so böse wie ein Klingone... Und du warst so mutig wie...«
»Ach du, immer mit deinem Fernsehen«, sagte Karla ärgerlich.

Arno klappte den Mund zu.
»Komm, wir gehen«, befahl Karla und setzte sich auch schon in Bewegung.
Arno ging schweigend neben ihr her.
»Wo ist eigentlich Klaus-Uwe?« fragte Karla, die mit einem Mal bemerkte, daß sie nur noch zu zweit waren.
»Ich weiß nicht«, antwortete Arno. »Plötzlich war er fort. Wie weggebeamt von Captain Picard… oder abgehauen.«
»Toller Haufen«, murmelte Karla.
Sie erreichten den Platz, der ruhig und verlassen dalag. Von Klaus-Uwe war nichts zu sehen. Karla schaute am grünbelaubten Baum hoch. Doch, da mußte einfach ein Baumhaus hin! Sie drehte sich zu Arno um, der gerade seine Brille putzte.
»Jetzt müssen *wir* uns eben überlegen, wie wir das mit dem Baumhaus anstellen«, sagte sie.
Arno schaute auf seine Uhr. »Tolle Idee!«, sagte er. »Aber leider hab' ich jetzt keine Zeit mehr. Es ist nämlich schon halb vier, und den Anfang von ›Black Beauty‹ darf ich auf keinen Fall verpassen… Komm doch einfach mit, ich erzähl' dir auch, was in der letzten Folge passiert ist.«
»Nein!« sagte Karla.
»Dann nicht, tschüß«, sagte Arno und ging.
Karla trat gegen den Baum. »Tschuldigung«, murmelte sie danach. »Kannst ja nichts dafür.«
Mit gewitterumwölkter Stirn ging sie nach Hause. Sie klingelte dreimal kräftig und trommelte sogar noch mit der Faust gegen die Tür.
»He!« sagte Papa, als er aufmachte.
»Selber he!« gab Karla patzig zurück und ging in ihr Zimmer.

Sie setzte sich auf ihr Bett und stützte den Kopf in beide Hände.
Nach einer kurzen Weile, in der sie so vor sich hinbrütete, kam Mama ins Zimmer.
»Was ist denn mit dir?« fragte sie und setzte sich neben Karla aufs Bett. »Bist du geärgert worden?«
»Mhm«, machte Karla.
»Sind die anderen Kinder nicht nett?«
»Die Kinder… ich weiß nicht… vor allem die Erwachsenen sind nicht nett!«
Karla schniefte ein bißchen.
Mama legte den Arm um sie, und Karla kuschelte sich ganz fest an sie.
»Was machen die denn so Böses?« fragte Mama.
»Sie geben uns kein Holz«, antwortete Karla.
»Und wofür brauchst du Holz?«
»Für ein Baumhaus«, sagte Karla.
»Ach so!« Mama lächelte.
»Hier ist alles so anders«, sagte Karla.
Mama nickte.
»Essen fertig!« rief Papa aus der Küche.
Mama gab Karla einen Kuß, und sie standen beide auf. Karla war ziemlich froh, daß sie so eine Mutter hatte und nicht so eine wie Mark. Aber noch froher war sie, als Papa beim Essen sagte: »Mama hat erzählt, du brauchst Holz? Ich glaube, wir haben noch ein paar alte Regalbretter, die wir nicht mehr brauchen. Die kannst du haben.«
Karla sprang auf, umarmte Papa mitsamt der Stuhllehne und setzte sich wieder hin.
»Vielleicht klappt es ja doch noch«, sagte Karla und war schon

wieder ganz hoffnungsvoll. »Jetzt müssen nur noch die anderen mitmachen.«

Gleich nach dem Essen gab Papa ihr die Bretter. Es waren fünf Stück. Für den Boden und die ersten Seitenwände würden sie sicher ausreichen.

Da sie sich mit den anderen nicht verabredet hatte, beschloß Karla am nächsten Tag, zu ihnen zu gehen, um ihnen zu sagen, daß das Baumhaus – zumindest holztechnisch – gerettet war und sie eigentlich gleich mit dem Bauen anfangen könnten.

Doch als sie vor dem gegenüberliegenden Haus stand, fiel ihr ein, daß sie ja gar nicht wußte, wie Mark, Arno und Klaus-Uwe mit Nachnamen hießen und wo sie denn überhaupt klingeln sollte.

Sie schaute die Hausfassade hoch. Welcher war der Balkon, auf dem sie Mark und seine Mutter gesehen hatte?! Da! Sie erkannte ihn an dem kleinen Tischchen, das immer noch darauf stand. Eins, zwei – im zweiten Stock wohnte er also.

Karla öffnete eine der großen Flügeltüren des Hauses und betrat den Flur. Von innen sah das Haus fast genauso aus wie das, in dem sie wohnte. Es hatte zwei Treppenaufgänge, einen links und einen rechts, die geschwungen nach oben führten. Da Marks Balkon auf der linken Seite war, entschied sich Karla für den linken Aufgang und stieg in den dritten Stock hinauf. Hier gab es drei Wohnungstüren und drei Klingeln. ›Martin Schurr‹ stand in der Mitte. Daneben wohnte ›Pfeifer‹ und ihnen gegenüber ›Maretze‹.

Nun, Mark hieß nicht Martin und wohnte sicher auch nicht alleine. Aber hieß er wohl ›Pfeifer‹ oder ›Maretze‹ mit Nachnamen?

»Mark Maretze«, sagte Karla laut vor sich hin. »Klingt gut.«

Sie klingelte bei ›Maretze‹.
Weit hinten in der Wohnung hörte sie ein mehrtöniges Klingeln. Dann dauerte es eine ganze Zeit lang, bis schließlich etwas rumorte und sich schlurfende Schritte näherten. Dann raschelte etwas.
Karla starrte auf die Wohnungstür. Doch sie wurde nicht geöffnet. In der Mitte der Tür befand sich ein Guckloch, das man ›Spion‹ nennt. Davon wurde jetzt von innen der Sichtschutz zur Seite geschoben.
Ein wässrig-blaues Auge, umgeben von vielen Falten, betrachtete Karla.
»Was willst du?!« rief eine alte Stimme von innen.
»Ich wollte fragen, ob Mark hier wohnt«, sagte Karla laut.
»Wer?!« fragte die Stimme.
Das Auge verschwand, und Karla konnte erkennen, daß jetzt ein Ohr am Guckloch erschien.
»MARK«, sagte Karla noch lauter und beugte sich dabei zu dem Ohr vor.
»Die kleine Kröte wohnt gegenüber«, antwortete die Stimme prompt.
Das Guckloch wurde wieder verdeckt. Karla hörte noch, wie die Stimme vor sich hin schimpfend wegschlurfte.
Karla schüttelte den Kopf. Sie konnte gar nicht glauben, was sie eben erlebt hatte. Merkwürdige Menschen gab es hier. Aber immerhin wußte sie jetzt, wo Mark, also Mark *Pfeifer*, wohnte.
Sie drehte sich um und klingelte dort.
Einen Moment später wurde die Tür geöffnet und Marks Mutter stand vor ihr.
»Ja?!« fragte sie und musterte Karla aufmerksam.

Karla bemerkte, daß ihr Blick besonders lange an ihren strubbeligen braunen Haaren hängenblieb.
»Ich wollte zu Mark«, sagte Karla und erwiderte den Blick. Aus der Nähe betrachtet, sah Marks Mutter noch unfreundlicher aus. Sie hatte einen strengen, schmalen Mund und eine tiefe Furche zwischen den Augen, was ihrem Blick etwas Mürrisches gab.
»Das geht jetzt nicht«, sagte Marks Mutter. »Wir essen gerade.«
»Ach so.« Karla überlegte, warum das wohl ein Hinderungsgrund war. »Ich hab' schon gegessen«, sagte sie dann und lächelte.
Marks Mutter starrte sie einen Augenblick fassungslos an und gab dann die Tür frei. »Aber nur kurz«, sagte sie, als Karla hereinschlüpfte.
Marks Mutter ging voraus. Die Wohnung sah sehr vornehm aus, aber sie wirkte kühl. Sie kamen ins Eßzimmer. Dunkle, altmodische Regale standen an den Wänden.
In der Mitte des Raumes stand ein ovaler Tisch, an dem Mark und ein sehr dicker Mann saßen. Das war offenbar Marks Vater. Er hatte einen schwarzen Bart, der sein halbes Gesicht bedeckte und sah überhaupt wie ein Räuber aus, fand Karla.
»Hallo«, sagte Mark leise. Marks Vater schaute kaum auf und aß ungestört weiter.
Marks Mutter, die neben Marks Vater noch dünner wirkte, als sie war, deutete stumm auf einen Stuhl.
Karla hockte sich hin.
»Was ich dir erzählen wollte...«, begann Karla an Mark gerichtet.
»Pscht!« machte da Marks Vater sehr energisch, ohne von seinem Essen aufzusehen.

Karla hielt inne. Sie schaute fragend Mark an, der kaum merklich den Kopf schüttelte.
Karla sagte nichts mehr, und das Familienessen ging schweigend weiter. Keiner guckte sich an. Karla fühlte sich unbehaglich. Sie rutschte auf ihrem Stuhl hin und her – ob sie einfach wieder gehen sollte?
Doch da faltete Mark sorgfältig eine Serviette zusammen, die auf seinem Schoß gelegen hatte, und fragte seine Mutter: »Ich bin fertig, darf ich aufstehen und in mein Zimmer gehen?«
Marks Mutter nickte gnädig.
»Händewaschen nicht vergessen«, sagte sie noch, als Mark schon an der Tür war.
Mark ging, von Karla gefolgt, ins Bad und dann endlich in sein Zimmer.
»Schön, daß du gekommen bist«, sagte er, nachdem er die Tür hinter ihnen zugemacht hatte.
Karla blieb staunend neben der Tür stehen. Marks Zimmer sah aus wie ein Spielwarengeschäft. Autos, Legosteine, Karten, Spielfiguren – alles war fein säuberlich in einem Regal aufgebaut, das fast die ganze rechte Zimmerwand ausfüllte.
»Ist das alles deins?« fragte sie.
»Ja, ja«, antwortete Mark, während er zu seinem Schreibtisch unter dem Fenster ging.
»Wirklich alles?« fragte Karla nach.
»Von wem soll's denn sonst sein?!« antwortete Mark. »Haste schon mein neues Spiel gesehen? Muß ich dir zeigen!« Er kramte in der Schreibtischschublade.
»Was denn für 'n Spiel?« fragte Karla und kam näher.
»Hier«, sagte Mark und hatte endlich seinen Gameboy aus der Schublade gefischt.

»Ach so, ein Computer-Spiel«, sagte Karla enttäuscht.
»Das Spiel hier ist ganz neu auf 'm Markt, ich hab's erst gestern gekriegt...«
Mark setzte sich auf sein Bett und begann damit zu spielen. Karla setzte sich neben ihn.
»Siehste, da ist die Mickymaus, die muß durch diesen Gang rennen und da in der Ecke zu der Tür...«
Karla nickte.
»... Aber da kommen immer so Dinger, die sind böse und die...«
»Was für Dinger?«
»Felsbrocken oder was das sein soll, weiß auch nicht. Wenn die dich dreimal treffen, bist du hin, explodiert«, erklärte Mark.
»Und dann?«
»Mußte von vorn anfangen. Das ist ziemlich schwer, also das letzte Spiel, das mit den Karate-Kämpfern, das hatte ich schneller raus.«
Er vertiefte sich in das Spiel. Karla schaute ihm zu. Viel konnte sie damit nicht anfangen. Mark dafür um so mehr. Er ahmte die Geräusche nach, die die gefährlichen Stein-Dinger von sich gaben, wenn sie die Maus trafen. Und die spornte er an, als ob sie ihn hören könnte.
»Schnell!« schrie er, oder »da lang!«
Nach einer Weile hatte Karla genug.
»He!« sagte sie und gab ihm mit dem Ellbogen einen Stoß in die Rippen.
»Ja, gleich, warte...«, sagte Mark, der wohl gerade an einer schwierigen Stelle war.
»Nein, nicht gleich. Sofort!« sagte Karla.

Das kleine Gerät gab einen besonders unfreundlichen Ton von sich, der – sehr entfernt – einem Donnergrollen ähnelte.
»Jetzt bin ich explodiert«, sagte Mark vorwurfsvoll. »Nur wegen dir. Was ist denn?«
»Was ist?! Das will ich dir ja schon die ganze Zeit erzählen! Stell dir vor: Ich hab' das Holz für unser Baumhaus!« sagte Karla.
»Nicht so laut«, flüsterte Mark und schaute zur Tür. »Wenn das Mutti hört… davon darf sie nichts wissen!«
»Ich denke, du hast gefragt«, sagte Karla.
»Nicht so richtig«, gab Mark zu.
»Warum denn nicht?«
»Sie hätt's ja sowieso nicht erlaubt…«
»Hm… Aber du machst doch trotzdem mit, oder?« fragte Karla.
»Mhm«, machte Mark.
»Fest versprochen? Indianer-Ehrenwort?« fragte Karla nach.
In diesem Moment ging die Tür auf, und Marks Mutter stand vor ihnen.
»So, der Besuch war jetzt lange genug da«, hatte sie beschlossen. »Mark muß jetzt noch für die Flötenstunde üben, sein Zimmer aufräumen und seine Schuhe putzen! Ich hab' bei Tisch gesehen, wie schmutzig sie sind.«
Karla guckte erst auf Marks grün-blau gestreifte Turnschuhe, dann auf ihre eigenen Sandalen. Marks schienen ganz neu und spiegelblank zu sein. Ganz im Gegensatz zu ihren.
»Bring die junge Dame doch noch zur Tür«, sagte Marks Mutter zu Mark. Und da sie offenbar die gleiche Beobachtung gemacht hatte wie Karla, setzte sie noch hinzu: »Ihren Schuhen würde es auch guttun, wenn sie gelegentlich einmal die

Schuhcremedose sehen würden… oder gleich den Mülleimer.«
Mark stand ohne Widerspruch auf, um Karla hinauszubegleiten. Seine Mutter blieb in der Kinderzimmertür stehen.
»Wiedersehn«, sagte Karla knapp, als sie sich an ihr vorbeidrängte.
»Auf Wiedersehen!« antwortete sie, ohne einen Schritt zur Seite zu weichen.
»Sag mir noch schnell, wie Arno und Klaus-Uwe mit Nachnamen heißen und wo sie wohnen«, sagte Karla im Flur.
»Mark!« rief seine Mutter aus dem Kinderzimmer.
»Klaus-Uwe heißt ›Liebermann‹ und Arno ›Zauner‹, und sie wohnen beide auf der anderen Seite«, flüsterte Mark.
»Mark!!« rief seine Mutter schon wieder.
»Ich komm' schon, Mutti!« antwortete Mark.
Er hielt Karla die Wohnungstür auf.
»Danke«, sagte Karla und ging langsam hinaus. Mark nickte und schloß hastig die Tür.
»Morgen um zwei!« rief Karla noch durch die geschlossene Tür und lauschte.
Von drinnen kam keine Antwort.
So ging sie nachdenklich die Treppe hinunter, um auf der anderen Seite wieder eine zu erklimmen.
Weit mußte sie nicht gehen, denn Liebermanns wohnten im ersten Stock. Karla klingelte, und prompt öffnete Clarissa die Tür.
Aus der Wohnung tönte laut Musik.
»Ach, du bist's«, sagte Clarissa, und ihr lächelndes Gesicht bekam augenblicklich einen gequälten Ausdruck. »Ich dachte, du wärst Reinhard!« Sie ging an Karla vorbei zum Treppen-

absatz und lugte hinunter. »Mann, wo bleibt der denn so lange, wollte mich doch schon längst abholen, der Kerl, echt, ey!« Sie klebte ihren Kaugummi unters Treppengeländer. »Echt, wo bleibt der so lange, jetzt hab' ich schon gar keine Lust mehr... Echt, ey! Mich so lange warten zu lassen!« Clarissa redete sich in Fahrt. »Hat gesagt, er kommt gleich, Mann, so ein Mist, jetzt kriegen wir bestimmt keinen guten Platz mehr. Scheiße!!«

Clarissa ging zurück zur Wohnungstür und schlug sie Karla fast vor der Nase zu.

»Halt, wart doch mal«, sagte Karla.

Clarissa guckte sie genervt an.

»Was willst du denn noch?!« fragte sie.

»Ist Klaus-Uwe da?«

»Ist bei Arno«, sagte Clarissa und knallte die Tür endgültig zu.

Karla stieg also weiter die Treppe hinauf, um die Wohnung von Familie Zauner zu finden. Diesmal mußte sie weit gehen. Zauners wohnten im fünften Stock. Als sie gerade erleichtert das Klingelschild entziffert hatte, hörte sie von unten Clarissas Stimme.

»Reinhard! Echt, daß du so spät kommst!« konnte Karla noch verstehen, dann wurde eine Tür zugeschmettert.

Karla klingelte – und Arno öffnete.

»Hallo«, sagte Karla.

»Hallo«, sagte Arno erfreut. »Komm rein!«

Karla betrat einen schummrigen Flur.

»Wir gucken gerade ›Disney-Club‹ an, meine Mama ist noch arbeiten, und ich muß auf meine Geschwister aufpassen...« erklärte er und ging voraus ins Wohnzimmer.

Das Wohnzimmer sah gemütlich aus, wenn auch etwas unordentlich. Vor dem laufenden Fernseher saß in einem Sessel Klaus-Uwe, und auf seinen Knien saßen zwei Mädchen, ungefähr vier Jahre alt, die beide ein rosafarbenes Joghurt löffelten.
»Hallo«, sagte Karla in die Runde.
Klaus-Uwe drehte sich um, sagte »Hallo« und wurde rot dabei.
Die beiden Kinder drehten sich auch um und schauten Karla neugierig an.
Karla guckte mindestens genauso neugierig zurück. Die beiden Mädchen waren nämlich Zwillinge, und sie sahen sich wirklich verblüffend ähnlich. Nicht nur, daß sie gleich gekleidet waren (blaue Jogginganzüge) und daß sie die gleiche Frisur hatten (Zöpfe), nein, auch ihr Blick war der gleiche und Karla hatte sogar den Eindruck, daß ihre Münder genau gleich mit Joghurt verschmiert waren.
Arno hatte sich inzwischen im Schneidersitz vor den Fernseher gehockt.
»Willst du dich vielleicht hierher setzen?« fragte Klaus-Uwe und versuchte, vom Sessel aufzustehen, was ihm aber mit den Zwillingen auf den Knien schlecht gelang.
Karla schüttelte den Kopf.
»Sind das deine?« fragte sie ihn und deutete mit dem Kopf auf die beiden Mädchen, die wieder zum Fernseher schauten.
»Nein«, sagte Klaus-Uwe. »Das sind Anna und Bella, die Geschwister von Arno. Ich paß manchmal mit auf sie auf.«
»Was?« fragte Arno, ohne seine Augen vom Bildschirm abzuwenden. »Da hinten ist auch noch Cola.«
Er zeigte auf den Wohnzimmertisch, auf dem neben der Colaflasche noch vier Joghurtbecher standen.

»Kann ich auch so ein Joghurt haben?« fragte Karla.
Die Zwillinge fuhren herum und guckten sie böse an.
»Die sind für Anna und Bella«, sagte Klaus-Uwe. »Ich bring' sie ihnen immer mit... sie mögen sie so gerne.« Er lächelte sie entschuldigend an.
»Ach so«, sagte Karla. »Ich bin eigentlich auch nur gekommen, um euch was zu erzählen.«
»Was denn?« fragte Arno und schaute sie an.
Auch die Zwillinge sahen Karla gespannt an.
»Ich hab' jetzt das Holz fürs Baumhaus!« sagte Karla.
»Das ist ja toll!« sagte Arno begeistert. »Dann können wir ja jetzt mit dem Bauen anfangen.«
Die Zwillinge quietschten vor Vergnügen, obwohl Karla bezweifelte, daß sie verstanden, worum es ging.
»Ich hab' mit Mark ausgemacht, daß wir uns morgen um zwei treffen«, sagte Karla.
»Geht klar!«
»Woher hast du denn das Holz?« fragte Klaus-Uwe.
»Von meinem Papa«, antwortete Karla nicht ohne Stolz.
»Entschuldige, daß ich gestern weggerannt bin«, sagte Klaus-Uwe und spielte dabei mit den Zöpfen der Zwillinge, die sich wieder ganz dem Fernsehen widmeten. »Ich bin so erschrocken, als der Mann böse wurde...«
»Schon gut«, sagte Karla.
»Weißt du, ich wollte eigentlich Verstärkung holen«, fuhr er fort. »Aber Clarissa hatte keine Zeit, weil sie doch heute mit ihrem Freund zu so einem Konzert geht, so ein Rock-Konzert draußen in der Waldbühne... Und da mußte sie Kleider anprobieren, welches ihr am besten steht, und ich sollte ihr dabei eigentlich helfen, weil, ich mach' das ganz gerne, aber

dann war ich so aufgeregt, und da ist sie richtig sauer geworden... Alleine hab' ich mich dann nicht zurückgetraut.«
»Ist ja nicht so schlimm«, sagte Karla. »Ich hab's ja überlebt.«
»Ich bin dann auch gleich zu Arno gegangen und hab' ihn gefragt, ob noch was Schlimmeres passiert ist. Und Arno hat gesagt, daß du den Mann hochgehoben und fast bis zur Dachrinne geworfen hast!« Er guckte sie ehrfürchtig an. »Stimmt das?«
»Quatsch«, sagte Arno und wendete sich vom Fernseher ab. »Das hab' ich doch gar nicht gesagt! Ich hab' nur erzählt, daß Pippi Langstrumpf das mal in einer Folge gemacht hat, als so ein ähnlicher Mann sie bedroht hat. Was du da wieder zusammenreimst!«
»Ach so war das«, sagte Klaus-Uwe.
Karla grinste.
Die Zwillinge lachten plötzlich los. Aber nicht etwa wegen dieses Mißverständnisses, sondern wegen Goofy, der Unmengen Pfannkuchen verspeiste. Die Mädchen blickten sich an und schienen sich einig zu sein. Sie standen gleichzeitig auf, gingen zum Wohnzimmertisch und nahmen sich zwei neue Erdbeerjoghurts. Damit kletterten sie Klaus-Uwe wieder auf den Schoß und schauten weiter schmatzend fern.
Karla blieb, bis der ›Disney-Club‹ vorbei war. Auch den Anfang von der ›Sesamstraße‹ guckte sie noch an.
Aber dann begann Arno herumzuschalten, weil er eine andere Sendung finden wollte. Und da es sehr viele Kanäle gab, blieb er in jedem Programm nur ein paar Sekunden, um dann gleich wieder weiterzuschalten.
Den Zwillingen gefiel das. Sie lachten über das Bilderpuzzle, ohne es zu begreifen.

»Das nervt vielleicht«, sagte Karla laut. »Ich geh' jetzt.«
»Schade«, antwortete Arno. »Aber morgen fangen wir mit dem Baumhaus an, ja?«
»Ja!« sagte Karla.
»Das wird hypermatisch!«
Klaus-Uwe nickte. Die Zwillinge schauten sie mit großen Augen an.
Karla drehte sich um, verließ das Wohnzimmer und ging nach Hause.

Später dann, nachdem sie mit Mama und Papa Memory gespielt und gewonnen hatte, lag Karla im Bett und wartete auf Mama und ihren Gutenachtkuß. Mama kam und setzte sich zu ihr ans Bett.
»Warum haben manche Kinder so doofe Eltern, wo man nichts reden darf und die nicht mögen, wenn ihr Kind Besuch kriegt?« fragte Karla sie.
»Ich weiß nicht«, antwortete Mama. »Vielleicht sind sie unzufrieden, weil sie selbst keinen Besuch bekommen.«
»Hm«, machte Karla. »Und warum finden es manche Kinder toll, immer nur Fernsehen zu gucken?«
»Vielleicht fällt ihnen einfach nichts anderes ein«, sagte Mama.
»Mir fällt meistens was anderes ein«, sagte Karla, umarmte Mama, bekam ihren Gutenachtkuß und rollte sich dann schläfrig zur Seite.

Als Karla am nächsten Tag Punkt zwei Uhr mit je einem Brett unter dem Arm aus dem Haus kam, rief sie schon von weitem: »Hier kommen die besten Baumhausbretter der Welt!«
Aber nur Klaus-Uwe stand unter dem Baum und wartete.

»Die sind ja schön!« sagte er, als Karla bei ihm angekommen war.
»Wo sind denn die anderen?« fragte Karla.
»Mark ist sein neues Skateboard ausprobieren, und Arno kommt gleich«, antwortete Klaus-Uwe.
»Das macht keinen Spaß so«, sagte Karla ärgerlich. »Erst wollen alle mitmachen und dann ist keiner da!«
»Ich bin doch da«, sagte Klaus-Uwe.
»Schon. Aber wenn ich jetzt sage, daß wir beide auf den Baum klettern müssen, um die Bretter hochzuschaffen, dann machst du auch nicht mit, oder?«
»Kann man das nicht anders machen, mit einem Seil oder so?« antwortete Klaus-Uwe nach kurzem Überlegen.
»Siehst du«, entgegnete Karla. »Das ist viel zu umständlich. Wir müssen das schon alle zusammen machen, sonst ist es doof!«
Klaus-Uwe schwieg.
»Außerdem macht es zu viert auch viel mehr Spaß!« sagte Karla.
»Die anderen kommen bestimmt gleich«, sagte Klaus-Uwe.
»Mhm«, machte Karla und lehnte die Bretter gegen den Baum.
Sie warteten ein paar Minuten, ohne etwas zu sagen. Karla hatte sich mit düsterer Miene unter den Baum gehockt.
»Guck, da kommt schon Arno«, rief Klaus-Uwe.
Arno kam angerannt. »Ich hab' nur noch schnell ›Ferien auf Saltkrokan‹ zu Ende geguckt«, erklärte er keuchend.
Karla antwortete nicht.
»Jetzt sind wir doch fast vollzählig«, sagte Klaus-Uwe, der sie aufmuntern wollte.
»Fast«, sagte Karla, immer noch etwas eingeschnappt.

»Und auf was warten wir noch?« fragte Arno.
»Auf Mark«, sagte Klaus-Uwe leise zu ihm.
»Können wir nicht ohne den anfangen?« fragte Arno. »Weil um vier muß ich wieder hoch, da kommt...«
»Ach, Mist!« brach es auf einmal aus Karla heraus. »Da wo ich vorher gewohnt hab', da war das ganz anders... Da haben wir immer alles zusammen gemacht – bis abends waren wir draußen, eine richtige Bande eben!«
»So wie die rote Zora?« fragte Arno neugierig. »Habt ihr auch geklaut und so? Das war immer spannend, was, Klaus-Uwe?«
»Was weiß ich, wer die Rotazoma ist!« schrie Karla ihn an. »Wir haben nämlich immer was gemacht und nicht bloß doof in die Glotze geguckt!«
Sie nahm ihre zwei Bretter und ging wütend davon.
Beim Treppenhochsteigen verpaßte sie jeder Stufe einen kräftigen Tritt. Doch als sie im ersten Stock angelangt war und ungefähr 30 zornige Tritte verteilt hatte, war ihre Wut ziemlich verflogen. Arno und Klaus-Uwe wollten ja mitmachen und das Baumhaus bauen.
Karla blieb auf dem Absatz stehen und blickte durch das hohe Treppenhausfenster hinunter auf die Straße.
Klaus-Uwe und Arno standen immer noch unter dem Baum. Auch Mark konnte sie sehen, er war wohl gerade dazugekommen. Die drei standen beisammen und redeten.
Karla klemmte sich die beiden Bretter wieder unter den Arm und rannte zurück.
»Also«, sagte Karla, als sie an die Gruppe herantrat und tat so, als ob nichts passiert sei und sie gerade erst dazukäme. »Zuallererst müssen wir die Bretter auf den Baum bekommen.«

»Was für Bretter?« fragte Mark. »Ich dachte, wir spielen jetzt Fußball?!«
Klaus-Uwe schaute Karla ängstlich an.
Doch Karla atmete nur einmal sehr tief ein und antwortete dann: »Das Holz für unser Baumhaus, das wir jetzt bauen!«
»Ach so«, sagte Mark. »Wußt' ich ja nicht.«
»Dann können wir ja endlich anfangen!« sagte Arno, der nicht nachtragend war.
Karla erklärte den dreien, was sie zu tun hatten, und sie waren einverstanden.
Sie selbst und Arno sollten zusammen auf den Baum klettern und Klaus-Uwe und Mark ihnen die Bretter angeben. Die Nägel hatte Karla in der Hosentasche, und der dazugehörige Hammer steckte in ihrem Gürtel.
Karla sprang wie das letzte Mal hinauf, faßte nach dem untersten Ast, zog sich daran hoch und kletterte weiter nach oben, um Arno Platz zu machen.
»Komm schon«, rief sie ihn.
Arno versuchte es ihr nachzumachen. Er sprang in die Höhe, bekam den Ast zu fassen – und blieb schwer wie ein Sack daran hängen.
»Du mußt dich hochziehen!« sagte Karla. »Die Beine über den Ast…«
»Du schaffst es!« spornte Klaus-Uwe ihn an.
Doch Arno hatte keine Kraft mehr und ließ sich fallen.
Er zuckte ratlos mit den Schultern. »Ohne Strickleiter…«
»Wir können ja 'ne richtige Leiter holen«, sagte Mark.
»Quatsch! Räuberleiter!« rief Karla von oben.
Arno schaute Mark und Klaus-Uwe an. Mark schüttelte den Kopf.

»Zu dreckig«, sagte er und deutete auf Arnos verstaubte Stoffschuhe.
Klaus-Uwe nickte bereitwillig. Er verschränkte die Hände ineinander und stellte sich, von Karla dirigiert, nah an den Baumstamm. Arno stieg auf seine Hände wie auf ein Trittbrett. Wackelig und sich immer wieder an Klaus-Uwes Haaren festhaltend – was dieser mit einigen lauten ›Auas!‹ quittierte –, schaffte er es endlich, auf den ersten Ast zu kommen.
Klaus-Uwe wischte sich die staubigen Hände an seiner Hose ab und fuhr sich über den Kopf.
Arno kletterte vorsichtig, aber nicht ungeschickt, weiter. Bald waren Karla und er an den beiden dicken Ästen, die nebeneinander wuchsen, angekommen.
»Hier ist es!« zeigte Karla ihm den Platz.
Arno hielt sich etwas verkrampft fest. Zögernd wagte er es, nach unten zu schauen.
»Ganz schön hoch«, sagte er, als er Klaus-Uwe und Mark doch um einiges geschrumpft auf dem Boden stehen sah.
»Ja, mit tollem Überblick!« sagte Karla. Sie deutete zwischen den Blättern hindurch auf die Straße unter ihnen, die man bis zur nächsten Kreuzung und noch weiter überblicken konnte.
Arno nickte.
»Eben wie bei Tarzan!« sagte Karla und grinste ihn an.
»Genau: Tarzan in New York!« Arno strahlte. »Fehlt nur noch Chitta!«
Er versuchte gleich, einen Tarzanschrei nachzuahmen.
»Ist was passiert?« rief ihnen Klaus-Uwe zu.
»Nein!« rief Karla.
»Ich hol' jetzt die Bretter«, sagte sie zu Arno. »Warte du hier!«
Karla kletterte also wieder ein Stück nach unten.

Mark reichte ihr ein Brett hinauf. Er mußte sich auf die Zehenspitzen stellen, ehe sie es zu fassen bekam.
Klaus-Uwe war ganz aufgeregt. Ab und zu sagte er »vorsichtig!« und hielt sich dabei eine Hand vor den Mund.
Karla gab das Brett an Arno weiter, der sich nicht von seinem Platz rührte und das Brett auf die Äste legte.
Mit dem zweiten Brett machten sie es genauso.
Beide Bretter lagen nun nebeneinander über den dicken Ästen.
»Sieht doch schon gut aus«, sagte Arno.
»Mhm«, machte Karla, die das Werk kritisch betrachtete.
Sie kniff ein Auge zu, befühlte die Dicke der Äste, schätzte die Tragfähigkeit ab und sagte schließlich: »Da muß noch ein Brett hin. Drei sind besser, damit wir alle draufpassen.«
»Und der Fernseher«, fügte Arno hinzu.
»Wie ist es da oben?« rief Mark.
»Ist euch nicht schwindelig?« fragte Klaus-Uwe.
Arno schüttelte den Kopf, was unten aber keiner sehen konnte.
»Prima«, rief Karla. »Es fehlt nur noch ein Brett!«
Sie kletterte hinunter.
»Ich hol's schnell!« Karla rannte fort, um nach wenigen Minuten mit zwei neuen Brettern unter dem Arm zurückzukommen. Arno stand neben Klaus-Uwe und Mark auf dem Boden.
Er guckte auf seine Uhr, während er unruhig von einem Bein aufs andere trat.
»Was machst du denn da unten?!« fragte Karla. »Wir müssen doch noch das dritte Brett hochlegen!«
»Ich hab' jetzt keine Zeit mehr«, sagte Arno. »Die ›Schlümpfe‹ haben schon angefangen, und ich hab' den Zwillingen versprochen, daß ich's mit ihnen angucke... Außerdem muß ich pinkeln!«

»Die Schlümpfe!« sagte Klaus-Uwe entzückt. »Da komm' ich mit!«
Arno rannte weg.
»Wenn Arno nicht da ist, sind wir sowieso nicht mehr alle«, entschuldigte sich Klaus-Uwe hastig und lief hinter Arno her.
Karla war sprachlos.
Mark lehnte etwas gelangweilt am Baum und zog eine Bonbontüte aus seiner Jackentasche.
»Willste auch eins?« fragte er Karla. »Ist 'ne ganz neue Sorte!«
»Jetzt sind wir also nur noch zu zweit«, stellte Karla fest.
»Ich geh' da sowieso nicht hoch, das kann ich dir gleich sagen!« sagte Mark. »Aber das mit dem Brett raufheben, das mach' ich schon.«
»Wenigstens etwas«, sagte Karla.
Sie kletterte auf den untersten Ast, und Mark reichte ihr das Brett hoch. Gerade, als sie es ihm aus der Hand nahm, fuhr eine große blaue Limousine vors Haus.
»Mist!« fluchte Mark. Er wollte sich hinter dem Baum verstecken, doch es war schon zu spät. Marks Mutter stieg aus dem Auto.
»Mark!« rief sie streng.
Mark blieb stehen.
Seine Mutter kam mit energischen Schritten auf ihn zu und faßte ihn am Arm.
»Ich hab' dich vom Flötenunterricht abholen wollen. Und wer war nicht da – der liebe Sohn! Denkst du, ich bezahle das ganze Geld für den Lehrer, damit du dich hier draußen rumtreibst und Unsinn anstellst?!«
Sie packte ihn an der Schulter, warf Karla einen Blick zu, der

ihr eindeutig die Schuld für seinen Ungehorsam zuschob, und ging mit ihm zum Haus.
Als sie die Tür aufriß und Mark hineinschubste, konnte Karla gerade noch hören, wie sie sagte: »Außerdem möchte ich nicht, daß du Umgang mit diesem ungepflegten Mädchen hast, ist das klar?!«
Karla starrte ihnen nach, bis sie ganz im Haus verschwunden waren.
Da saß sie nun. Auf dem untersten Ast eines großen Baumes, auf den ihrer Meinung nach unbedingt ein Baumhaus gehörte, ein Brett in der Hand und ohne Bande.
Langsam richtete sie sich auf. Mit großer Mühe schaffte sie es, mit dem dritten Brett nach oben zu klettern und es neben die anderen zwei zu legen. Zum Nageln war ihr die Lust vergangen.
Sie verließ den Baum, nahm das übrig gebliebene vierte Brett und ging nach Hause.

Der nächste Tag war ein Sonntag. ›Familientag‹, wie ihn Mama und Papa immer nannten. Er war ausschließlich der Familie vorbehalten.
Karla saß in ihrem Zimmer und schrieb Oma einen langen Brief. Über die Stadt mit den vielen Häusern, den großen Straßen und den unfreundlichen Menschen. Über den Zoo, in dem sie endlich einmal echte Elefanten gesehen hatte, über das Kino und die guten Eisdielen. Und über die Kinder, die so anders waren und gar keine Lust hatten, Baumhäuser zu bauen.
Nachdem sie den Brief zugeklebt hatte, stand sie wieder an ihrem Fenster und schaute hinunter auf den kleinen Hof. Eine

alte Frau trug eine Mülltüte zu den Tonnen. Sie sah ganz winzig aus von hier oben. Langsam tappte sie über den gepflasterten Weg. Umständlich tastete sie nach dem Griff der Tonne, stemmte den Deckel auf und ließ die Tüte hineinplumpsen.

Karla ging ins Wohnzimmer, von dort ins Eßzimmer, weiter ins Arbeitszimmer, in dem Mama saß und etwas schrieb. Karla blieb unschlüssig stehen. Mama schien sie gar nicht zu bemerken, so konzentriert war sie.

Karla guckte ins Schlafzimmer. Papa lag auf dem Bett und löste ein Kreuzworträtsel.

»Papa«, sagte Karla und setzte sich neben ihn aufs Bett. »Wollen wir nicht doch wieder zurück zu Oma?«

Papa schaute auf. »Das geht doch nicht, Karla. Ich arbeite doch jetzt hier, und Mama will wieder studieren...«

»Ja, ja, ich weiß«, unterbrach ihn Karla. »Und deine Arbeit ist hier besonders gut, und Mama hat gleich einen Platz zum Studieren bekommen...«

»Genau«, bestätigte Papa.

»Aber Oma ist doch jetzt ganz alleine, und was ist, wenn sie mal krank wird?« fragte Karla. »Wer soll sich denn dann um sie kümmern?«

»Onkel Bernd ist doch da«, sagte Papa. »Oma geht's gut, mach dir keine Sorgen.«

Er widmete sich wieder seinem Rätsel. Karla blieb auf dem Bett sitzen und kaute an einem Fingernagel.

»Papa«, begann sie nach einer Weile wieder.

»Mhm«, machte Papa und schrieb ein Wort in die Kästchen.

»Kann ich nicht auch bei Oma bleiben?«

»Aber Karla«, sagte Papa. Er legte den Stift zur Seite, setzte

sich neben sie. »Wieso willst du denn zu Oma? Gefällt es dir nicht mit uns?«
»Doch«, antwortete Karla. »Aber ich will zurück ins Dorf!«
»Ach, Spatz«, sagte Papa und streichelte ihr über den Kopf. »Nur, weil die anderen Kinder nicht so begeistert von deinem Baumhaus sind? Hier in der Stadt gibt es bestimmt noch viele andere Sachen, die ihr tun könnt und die auch Spaß machen.«
»Was Besseres als ein Baumhaus gibt's gar nicht!« sagte Karla. »Und mit denen will ich gar keins mehr bauen.«
»Sei doch nicht so voreingenommen...«
Karla gab ein mißmutiges Brummen von sich. Papa legte den Arm um sie.
»Du wirst dich hier schon noch eingewöhnen. Wenn die Ferien zu Ende sind, dann sind auch noch viel mehr Kinder da. Dann findest du bestimmt Freunde. Ich weiß, am Anfang ist es schwer...«
Er gab ihr einen Kuß.
»Und um dich ein bißchen aufzuheitern, verspreche ich dir auch, daß wir diese Ferien noch zu Oma fahren!«
»Ja?!« sagte Karla. »Wann denn?!«
»Vielleicht schon in einer Woche«, antwortete Papa.
Mit dieser Aussicht sah für Karla alles schon wieder viel freundlicher aus.
»Gehen wir heute ins Kino?« fragte sie, schon wieder voller Tatendrang.
Mama hatte ihre Arbeit beendet und kam aus dem Nebenzimmer herüber. »Ich weiß was Besseres«, sagte sie. »Wir gehen in den Zirkus!«
»Au ja!« sagte Karla.

Eine halbe Stunde später waren sie bereit und gingen in den Zirkus. Es gab zwar keine Tiere, sondern nur Artisten und Clowns, aber sie hatten trotzdem viel Spaß. Und als sie danach auch noch Pizza essen gingen, war Karla wieder bester Laune.
»Das kann man doch nur in der Stadt«, sagte Mama beim Nachtisch. »Einfach so in den Zirkus gehen, wenn man gerade Lust hat!«
Da mußte ihr Karla wirklich recht geben.

Nach dem ›Familientag‹ machte Karla abermals einen Versuch, das Baumhaus zu bauen.
Gleich am nächsten Tag ging sie ins Nachbarhaus, um die anderen zusammenzutrommeln.
Sie klingelte bei Klaus-Uwe im ersten Stock. Wieder öffnete Clarissa.
»Klaus-Uwe ist mit den anderen in der Eisdiele«, sagte sie Kaugummi kauend, noch bevor Karla etwas fragen konnte. Clarissa schloß die Wohnungstür, und Karla wollte schon wieder hinuntergehen, da riß Clarissa die Tür noch einmal auf.
»Sag meinem kleinen Bruder, er soll meine Haare nicht vergessen, ja?!« rief sie Karla zu, bevor sie die Tür endgültig schloß.
Da Karla in der Nähe nur die Eisdiele kannte, wo sie vor kurzem das Geld vergessen hatte, machte sie sich auf den Weg dorthin.
Sie war etwas enttäuscht, daß die anderen sie nicht mitgenommen hatten. Aber andererseits – sie wußten genauso wenig, wie *sie* mit Nachnamen hieß, wie Karla es bei ihnen gewußt hatte.
Gleich, als Karla die Eisdiele betrat, sah sie Mark, Arno und

Klaus-Uwe vor drei Eisbechern in einer Ecke des Raumes sitzen.
»Hallo«, sagte Karla, als sie vor ihnen stand.
»Karla!« entgegnete Arno.
Klaus-Uwe rückte für sie einen Stuhl heran, damit sie sich zu ihnen setzen konnte.
Mark hatte den eindeutig größten Eisbecher vor sich stehen.
»Mein Eis ist das teuerste, was es hier gibt«, sagte er. »Und das beste!«
»Meins ist auch nicht schlecht«, sagte Klaus-Uwe.
Arno bewies, daß ihm sein Eis sehr gut schmeckte, indem er es besonders schnell auslöffelte.
»Was habt ihr denn gestern so gemacht?« fragte Karla, nachdem sie eine Eis-Schokolade vor sich stehen hatte.
»Gestern war super«, sagte Arno und schob sich seine Brille die Nase hoch. »Erst kam ›Siebenstein‹, dann so ein Tierfilm, und dann hab' ich einen ganz spannenden Piratenfilm gesehen.«
»Den hab' ich auch gesehen«, sagte Klaus-Uwe. »Aber leider nicht ganz, weil wir dann einen Ausflug gemacht haben. Also erst wollten wir ja gar nicht, weil Papa Kopfweh hatte, das hat er oft am Wochenende, weil er soviel arbeiten muß. Aber dann hat Mama ihn doch überredet und dann sind wir zu so einem Schloß gefahren. Das war richtig schön…«
»Das war spannend, was?« fragte Arno ihn, der wohl mehr an den Piratenfilm dachte. »Wie die das Schiff geentert haben – toll!«
»Und du?« fragte Karla Mark.
»Ich hab' mein neues Hemd kaputt gemacht!« sagte Mark und lachte.

»Mit Absicht?« fragte Klaus-Uwe.
»Ne. Ich bin an 'ner Türklinke hängengeblieben. Aber Mutti hat vielleicht getobt! Der Sonntag war gelaufen«, sagte Mark. Klaus-Uwe schaute ihn teilnahmsvoll an.
»Heut hat's ihr dann leid getan und ich hab' Taschengelderhöhung bekommen«, sagte er. »Auch nicht schlecht!« Er grinste.
Da sie fertiggegessen hatten, zahlten sie – diesmal hatte Karla den Geldbeutel dabei! – und gingen.
Bis jetzt hatte noch niemand etwas von ihrem Baumhaus gesagt. Ob sie alle nicht mehr daran dachten? fragte sich Karla.
Als sie an dem Frisör vorbeikamen (der mit der seltsamen Dekoration), schrie Klaus-Uwe plötzlich auf. »Clarissa! Ich hab' doch versprochen, ihr die Haare zu machen!«
»Ach ja«, murmelte Karla, die die Nachricht seiner Schwester völlig vergessen hatte.
»Clarissa macht sich nämlich so Dinger ins Haar, also so Würmer aus Plastik«, erklärte er. »Weil, die Dauerwelle hat doch nicht gehalten, und damit macht sie sich Locken. Und keiner macht das so gut wie ich, sagt sie. Ich muß mich beeilen!«
Und schon rannte er los.
»Und was machen wir jetzt?« fragte Mark, als sie an dem dreieckigen Platz vor ihren Häusern angekommen waren.
»Na, wir bauen endlich das Baumhaus!« sagte Karla.
»Ich weiß nicht«, sagte Mark. »Ich hab'n neues Video zu Hause, wollen wir uns das nicht lieber angucken?«
»Ein Video? Was denn für eins?« fragte Arno neugierig.
»Aber dann wird das Haus doch nie fertig!« rief Karla. »Mark,

da oben könntest du dich doch verstecken. Dann findet dich deine Mutter nicht.«
»Was nützt mir das?« fragte Mark. »Ne, ich hab' jetzt keine Lust, ich geh' hoch!« Er wandte sich zum Gehen.
»Ich komm' mit«, schloß sich Arno ihm an. »Komm doch auch mit!« sagte er zu Karla.
»Das geht leider nicht«, sagte Mark. »Meine Mutter… du hast's ja gehört…«
Karla sagte nichts.
»Ich erzähl' dir morgen, wie es war!« sagte Arno tröstend.
Die beiden gingen ins Haus.
Karla blieb alleine unter dem Baum zurück.
»Dann mach' ich mir mein Baumhaus eben alleine!« sagte sie laut. »Ich brauch' die gar nicht. Die werden schon sehen…«
Zu Hause holte sie Nägel und Hammer, kletterte auf den Baum und nagelte die drei Bretter fest, die noch unverändert auf den beiden dicken Ästen lagen.
Als sie damit fertig war, legte sie sich flach auf die neugewonnene und sichere Plattform. Die Arme hinter den Kopf verschränkt schaute sie in das bißchen Himmel, das durch das dichte Laub hindurchschimmerte.
Karla machte die Augen zu und stellte sich vor, ganz woanders zu sein. In ihrem Dorf oder in einem fremden Land.
Ein lautes und langes Hupen schreckte sie aus ihren Fantasien auf. Sie guckte über den Rand der Bretter nach unten.
Ein Auto war sehr knapp vor einem Fahrrad zum Stehen gekommen. Karla konnte sehen, wie der Autofahrer ausstieg und sich mit dem Radfahrer – den Karla nicht erkennen konnte, weil ein großer Ast ihr die Sicht versperrte – heftig stritt, wer wem die Vorfahrt genommen hatte.

Karla steckte sich die Finger in die Ohren.
Der Autofahrer stieg wieder in sein Auto und fuhr davon.
Karla beobachtete, wie der andere Mann sein Fahrrad zu ihrem Haus schob. Es war Papa.
Einen Augenblick überlegte sie, ob sie zu ihm hinuntergehen sollte. Aber dann blieb sie in ihrem Baumversteck und kletterte sogar noch ein paar Äste höher.
Hier oben konnte man nicht von einem Fahrrad angefahren werden. Niemand schimpfte. Man konnte Leute beobachten und vielleicht sogar erschrecken.
Warum wollten Mark und die anderen bloß kein Baumhaus? Vielleicht mußten sie es nur einmal erleben. Vielleicht sind sie ja auch begeistert, wenn sie alle erst einmal oben gewesen sind, dachte Karla.
»Ich muß sie irgendwie hier hochkriegen«, sagte sie laut.
Da kam ihr eine Idee, und sie faßte einen Plan.

Am nächsten Tag kaufte sie eine große Flasche Cola und eine Tüte Kirschen. Aus Papas Schrank kramte sie einen kleinen Rucksack und verstaute die Sachen darin. Auch ihr Lieblingsbuch packte sie mit ein. Dann schnürte sie sich den Rucksack auf den Rücken und ging hinaus, um auf ihre Baumbretter zu klettern.
Oben las sie in ihrem Buch, aß dabei Kirschen und wartete.
Endlich kam Arno aus dem Haus. Er hatte eine Einkaufstasche bei sich und verschwand in Richtung Supermarkt.
Karla spuckte einen Kirschkern nach ihm, aber sie traf nicht, und er bemerkte es nicht einmal.
Dann kam Mark. In der Hand hielt er ein Auto mit Fernsteuerung, das er wohl ausprobieren wollte.

Er stellte es auf die Straße und versuchte es mit der Fernsteuerung zu lenken. Es fuhr zwar, aber offensichtlich nicht dahin, wo Mark wollte. Ständig rammte es den Bordstein oder fuhr ganz enge Kurven, so daß es umkippte. Mark fluchte, hob das Auto auf und schüttelte es ärgerlich.
Karla kicherte.
Sie konnte schon von weitem sehen, daß jetzt Arno mit der vollen Einkaufstasche zurückkam. Am Spielplatz an der Ecke trafen er und das ferngesteuerte Auto aufeinander. Arno wäre fast darüber gestolpert.
»Hallo«, rief Mark. »Haste schon mein neues Auto gesehen? Mit Fernsteuerung! Fährt 1A Spitzenklasse!«
»Toll«, sagte Arno.
Jetzt kam Karlas Auftritt.
»Stimmt ja gar nicht«, rief sie laut von oben. »Fährt ja immer gegen den Bordstein und kippt um!«
Mark drehte sich wütend um.
»Wo...« Er schaute sich verwirrt um.
»Hier!« rief Karla und winkte ihm vom Baum aus zu.
»Woher willst'n das wissen?« fragte Mark. »Spionierst mir wohl nach, was?!«
»Quatsch!« sagte Karla. »Ich hab' zufällig hier in meinem Baumhaus gesessen und gesehen, wie du dich geärgert und das Ding fast kaputt gemacht hast...«
Mark war sauer. Er ging weg und spielte mit seinem Auto weiter, ohne Karla zu beachten.
»Sind die Bretter schon richtig fest?« fragte Arno.
»Klar!« sagte Karla, als ob sie das schon seit mindestens zwei Wochen wären.
»Cola hab' ich auch hier oben.« Sie zeigte Arno die Flasche.

»Und Kirschen!« Ein Kern landete neben Arno auf dem Boden.
»Und ein ganz tolles Buch!« Sie hob es hoch.
»Hypermatisch!« sagte Arno. Er schien wirklich sehr beeindruckt.
»Ich bring' nur noch schnell die Sachen hoch, dann komm' ich!«
Mark spielte immer noch mit seinem Auto. Mit der Fernsteuerung schien es jetzt ein klein wenig besser zu funktionieren.
»Wenn du dein Auto von hier oben fernsteuerst, ist das viel besser«, bemerkte Karla. »Dann sieht dich nämlich keiner und jeder wundert sich, wo das Auto herkommt!«
Mark antwortete nicht.
»Stell dir vor, wie die Leute dann gucken, wenn so ein Auto die Straße langfährt, und weit und breit ist niemand zu sehen!«
Mark schaute zu ihr hinauf.
»Keine schlechte Idee«, gab er zu. »Aber erst mal hochkommen!«
Arno kam zurück. Hinter ihm lief Klaus-Uwe. »Was ist denn los, Arno? Wo schleppst du mich denn hin? Warum bist du denn so aufgeregt?« fragte er.
Aber Arno gab ihm keine Antwort. Er hatte noch etwas mitgebracht – eine Fernsehantenne, die er triumphierend in die Luft hob.
»Die können wir gleich einbauen«, rief er Karla zu. »Für den Fernseher!«
»Was denn für 'n Fernseher?« fragte Mark.
»Du bist ja schon da oben!« sagte Klaus-Uwe, der Karla entdeckt hatte.
»Und wir klettern jetzt auch gleich hoch«, sagte Arno.

»Ist das denn wirklich sicher?« fragte Klaus-Uwe.
»Bestimmt«, antwortete Arno. »Mach mal Räuberleiter!« Er tat schon so, als ob das alles selbstverständlich sei.
Klaus-Uwe stellte sich wie beim letzten Mal mit verschränkten Händen neben den Baum.
»Halt, erst Mark«, rief Karla. »Er ist der Schwerste.«
Mit vereinten Kräften schafften es Arno und Klaus-Uwe, Mark so weit hochzuhieven, daß er den ersten Ast erreichen konnte. Ächzend zog er sich daran hoch und blieb darauf sitzen.
»Meine Hose ist ganz dreckig geworden«, jammerte er. »Mutti wird Krach machen.«
»Jetzt ist es schon zu spät«, sagte Karla. »Also los, komm!«
Schwerfällig begann er nach oben zu klettern. Er war noch nicht weit gekommen, da kam Clarissa aus dem Haus.
»Klaus-Uwe!« rief sie und wunderte sich wohl, warum ihr kleiner Bruder und sein Freund so angestrengt den Baum hinaufblickten.
»Ja?!« antwortete Klaus-Uwe.
»Was machst'n da?« fragte sie und kam näher. »Ich dachte, wir gehn jetzt an den See?! Was haust'n so plötzlich ab, ey?«
Sie hatte den Baum erreicht und schaute neugierig nach oben.
»Was is'n da?« fragte sie. Sie hielt eine Hand schützend über die Augen, um besser sehen zu können.
»Ihr seid wohl verrückt geworden?!« rief sie, als sie Karla auf den Brettern erkannt hatte.
»Warum denn?« fragte Klaus-Uwe, der zutiefst erschrocken war.
»Ihr könnt doch nicht einfach so auf'n Baum Bretter nageln! Das geht nicht! Ihr spinnt wohl!«
Mark begann sofort wieder rückwärts nach unten zu klettern.

»Warum denn nicht?« fragte Karla.
»Mann, das geht eben nicht! Das kannste vielleicht in 'nem Kuhdorf machen, aber nicht hier in der Stadt!« erklärte Clarissa.
»Dumme Ziege«, sagte Karla leise.
»Ihr habt echt 'ne Macke!« fuhr Clarissa fort. »Einfach so 'n Baum bebauen...! Habt ihr vielleicht eure Eltern gefragt?« Sie schaute Mark an. »Echt ey, und dann fällt noch einer runter und ich krieg's ab! Das darf man sowieso nicht, wenn euch einer erwischt... Kommt mal lieber gleich runter da!«
Karla konnte es sich einfach nicht verkneifen. Sie spuckte einen Kirschkern genau auf Clarissas neugelockte Mähne.
Clarissa explodierte! »Du freches Miststück!« schrie sie. »Mich einfach anzuspucken!«
Klaus-Uwe schaute Karla empört an.
»Na warte nur! Du bist doch die Anführerin von diesem ganzen Mist hier... Wenn ich die Polizei hole, dann kannste was erleben! Wenn ich dich mal auf der Straße seh', dann kriegste aber eine gescheuert, darauf kannste gefaßt sein!«
Clarissa zischte ab. Klaus-Uwe rannte ihr nach.
»Clarissa!« rief er aufgeregt.
»Freche Göre! Was erlaubt die sich! Die kann was erleben!« schimpfte Clarissa laut.
Sie verschwanden im Haus. Mark sprang auf den Boden.
»War wohl nichts«, sagte er trocken.
»Die spielt sich doch nur auf!« sagte Karla.
»Haste doch gehört, darf man nicht und so«, sagte Mark und ging mit seinem Auto wieder auf die Straße.
»Und du?« fragte Karla Arno, der gerade auf seine Armbanduhr schaute. »Kommst du jetzt hoch?«

»Ich hab' keine Zeit mehr«, sagte er. »Gleich fängt ›Black Beauty‹ an, das darf ich auf keinen Fall verpassen!« Mit seiner Antenne in der Hand ging er davon.
Marks Auto prallte mal wieder mit voller Geschwindigkeit gegen den Bordstein und kippte um.
»Kannste vergessen«, sagte er laut, und es war unklar, ob er das Auto oder die Sache mit dem Baumhaus meinte.
Mark hob das Auto auf und ging nach Hause.
Karla blieb eine Weile auf ihren Brettern sitzen.
Dann packte sie die Sachen in den Rucksack, kletterte hinunter und ging auch nach Hause.

Am nächsten Tag waren die Bretter verschwunden. Karla wußte nicht, wer sie weggenommen hatte. Sie kletterte trotzdem auf den Baum und setzte sich auf einen Ast.
Mark und Arno kamen vorbei und wollten Fußball spielen. Klaus-Uwe war auch dabei, aber er würdigte Karla keines Blickes. Arno fragte, ob sie mitmachen wollte, aber sie wollte nicht.
Sie hatte beschlossen, nie mehr mit den Stadtkindern zu spielen.
Und Karla war nachtragend wie ein Elefant.

Das Geheimzimmer

Es war Nachmittag, und doch dämmerte es schon. Karla stand am Fenster und schaute hinaus. Das Gras in dem kleinen Hof hatte sich schon gelblich verfärbt. Es wurde Herbst. In dem Hinterhaus gegenüber waren schon die meisten Vorhänge zugezogen, so daß Karla nicht einmal mehr in die Wohnungen hineinschauen konnte.
Karla hauchte gegen das Fenster und versuchte ihren Namen auf die beschlagene Scheibe zu schreiben. Aber auch das wurde ziemlich schnell langweilig.
Mit einem Ruck drehte Karla sich um und ging zur Tür. Leise öffnete sie sie und schlich in den Flur. Vor der Küche blieb sie stehen. Nichts war zu hören, Mama und Papa hatten sich zum Mittagsschlaf hingelegt. Sie ging in die Küche und nahm sich aus dem Brotkorb zwei Brötchen, die sie in ihre Hosentasche stopfte. Noch ein Blick zurück zum Flur, und schon war sie durch die schmale Tür in den geräumigen Wandschrank geschlüpft.
Der Schrank war so groß wie eine Rumpelkammer und genauso voll: Auf dem Regal an der Seite standen Dosen und Gläser, Nudelpackungen und Werkzeug, auf dem Boden lagen immer noch halbvolle Umzugskisten und die übriggebliebenen Baumhausbretter. An der gegenüberliegenden Wand lehnte eine Matratze, die Karla zur Seite schob. Dahinter kam eine Tür zum Vorschein: Der Eingang zu dem verborgenen Treppenhaus.

Vor einer Woche hatte sie diese Tür mit Mama beim Aufräumen entdeckt.
»Was ist denn das für eine Tür?« hatte sie gefragt. »Die kenn' ich ja gar nicht!«
»Das ist der frühere Dienstbotenaufgang«, hatte Mama erklärt. »Die Hausangestellten hatten nämlich einen extra Eingang. Die durften nicht durch das schöne Treppenhaus, die mußten so eine dunkle Wendeltreppe hoch. Aber der Ausgang unten ist zugemauert, die Tür führt also nirgends mehr hin.«
Karla war neugierig geworden. »Aber die Treppe gibt's noch, oder?«
»Ja, schon. Aber da ist kein Licht, und es ist ziemlich unheimlich. Geh da lieber nicht hin«, hatte Mama gesagt.
Karla war trotzdem hingegangen. Gleich am nächsten Tag – als Mama in ihrem Zimmer lernte und Papa arbeiten war – hatte sie die Tür aufgemacht.
Mit ihrer Taschenlampe hatte sie sich getraut, das dunkle Treppenhaus zu erkunden. Dabei hatte sie gemerkt, daß nicht nur der Ausgang unten, sondern auch alle anderen Wohnungseingänge zugemauert waren.
Die Tür in ihrem Wandschrank war also die einzige, die man noch aufmachen konnte und die in dieses verlassene Treppenhaus führte!
Nachdem Karla die morschen Stufen bis nach unten gegangen war, war sie an der Tür zu ihrem Schrank vorbei weiter nach oben geschlichen.
Und da hatte sie eine tolle Entdeckung gemacht: Die Treppe führte direkt in ein kleines Zimmer auf dem Dachboden. In der Mitte des Raumes stand eine rostige Badewanne und an der Wand eine Truhe. Durch ein kleines dreckiges Fenster fiel

Licht in den Raum. In diesem Zimmer war offensichtlich schon sehr lange niemand mehr gewesen.
Karla war ganz aufgeregt gewesen und hatte sich genauestens umgeschaut. Sie fand heraus, daß dieses kleine Zimmerchen früher einmal der Trockenboden war und man es außer von der Treppe sonst nur durch den ›großen‹ Dachboden erreichen konnte. Und da für den ›großen‹ Dachboden nur der Hauswart einen Schlüssel hatte – und der kam nie hoch! –, war sie also die einzige, die einfach so in das Zimmer konnte.
Es war ein richtiges, waschechtes Geheimzimmer!
Genau so etwas hatte sie sich immer gewünscht. Zumindest, seitdem sie in der Stadt wohnte. Oder noch genauer: Seitdem das mit dem Baumhaus so kläglich danebengegangen war.
Danach hatte Karla nie mehr mit den dreien gespielt. Auch nicht, als die Schule begonnen hatte und sie zu Arno und Klaus-Uwe in eine Klasse gekommen war. Karla war wirklich sehr, sehr nachtragend. Und Mark sah sie sowieso kaum noch, denn der ging auf eine ganz andere Schule.
Mit den übrigen Kindern in ihrer Klasse konnte sie auch nicht viel anfangen. Karla fand sie ziemlich doof. Maureen zum Beispiel, neben der sie sitzen mußte. Oder Tina mit den roten Lackschuhen. Maureen war eine große Pferdenärrin. Überall auf ihren Heften und Büchern klebten Pferdebilder, und ständig malte sie Pferdeköpfe. Aber als Karla sie fragte, wo man denn in der Stadt reiten könnte, stellte sich heraus, daß Maureen noch nie ein Pferd gesehen hatte. Spätestens ab da wechselte Karla nur noch die allernotwendigsten Wörter mit ihr.
Und diese Tina hatte einen Modetick. Innerhalb der Klasse vergab sie Noten, wie gut man gekleidet war. Sich selbst gab

sie natürlich immer eine eins. Karla hatte von ihr eine fünf bekommen...

Wie gut, daß Karla das Geheimzimmer gefunden hatte. Hier konnte sie alleine sein und die anderen Kinder vergessen.

Heimlich richtete sie sich das Zimmer her: Sie räumte den gröbsten Dreck etwas zur Seite, holte sich eine Weinkiste als Tisch und trug zwei dicke Kissen hinauf.

Von ihrem Taschengeld hatte sie sich eine Packung Kerzen gekauft. Die Tür zum ›großen‹ Dachboden hatte sie sicherheitshalber mit einem Nagel zugehauen.

Seit ihrer Entdeckung war sie jeden Tag in das Zimmer gegangen und hatte hier gelesen oder mit dem Taschenmesser Buntstifte angespitzt (Geheimstufe 1!) und gemalt.

Oder sie hatte Oma geschrieben. Sie war die einzige, die von dem Zimmer wußte.

Heute wollte sie nach oben und dort die zwei Brötchen über der Kerze anrösten (höchste Geheimstufe!).

Karla kannte den Weg inzwischen schon auswendig. Sie wußte, welche Stufe besonders morsch war und wo an den zugemauerten Türen noch Klingelschilder hingen.

»Hier wohnt Stopinsky«, murmelte sie und beleuchtete mit der Taschenlampe das vergilbte Namenspapier. »Stimmt!« lobte sie sich selbst.

Als sie siebzehn Stufen später die Tür zu ihrem Geheimzimmer aufstieß, wäre ihr vor Schreck fast die Taschenlampe aus der Hand gefallen.

Auf ihrem Kissen saß ein fremder Junge und blätterte in ihrem Buch.

»Oh«, machte er nur und klappte das Buch zu. »Das ist wohl von dir.«

»Da kannst du aber sicher sein, daß das von mir ist«, sagte Karla ärgerlich. »Das ist sogar alles von mir, das ganze Zimmer! Und du hast hier überhaupt nichts zu suchen!«
Der Junge stand auf.
»Wo kommst du überhaupt her? Und woher weißt du, daß ich hier mein Zimmer hab'? Hau sofort wieder ab, verstanden?! Und komm ja nicht wieder!«
Der Junge starrte sie verschreckt an.
»Geh sofort weg hier! Hau ab!« schrie Karla. Vor Wut hätte sie gleich losheulen können. Das war ihr Zimmer!
»Ja... aber...«, sagte der Junge.
»Du sollst sofort weg hier und dahin zurück, wo du hergekommen bist! Oder ich schmeiß' dich selber raus!«
Karla lief auf ihn zu. Der Junge wich zurück. Sie packte ihn am Arm.
»Ausgesperrt!« sagte er schnell.
»Was?«
»Ich bin... ausgesperrt worden... Und da war es so dunkel... und es roch so komisch und da hab' ich... und dann hab' ich gesehen, daß es da oben heller ist, und da bin ich hoch, und da war die Tür und das Zimmer hier, das sah so gemütlich aus, und dann lag das Buch und... ich wußte ja nicht, daß du...«
Der Junge war ganz außer Atem. Karla ließ ihn los.
»... Daß du so wütend bist... also... bist ja schlimmer als die Tante Zinke...«
Den letzten Satz hatte er mehr für sich gesprochen.
»Wer?« fragte Karla. »Wer ist schlimm?«
»Du«, sagte der Junge und rieb sich den Arm.
»Und wer noch?«

Der Junge schaute sie an. »Tante Zinke ist schlimm. Und Tante Schwamm. Aber die Zinke ist noch gemeiner.«
»Aha«, sagte Karla. »Hat die dich ausgesperrt?«
»Was?« fragte der Junge.
»Ob die dich ausgesperrt hat?« fragte Karla noch einmal.
Der Junge nickte unbestimmt und schaute dabei auf den Boden.
»Das ist ja nicht nett.« Karla tat es ein bißchen leid, daß sie so grob gewesen war. »Ist die zu Besuch oder wohnst du etwa bei der?« fragte sie.
»Was?«
»Du bist ja wirklich schwer von Begriff! Ob du bei der doofen Tante wohnst, die dich ausgesperrt hat?!«
»Mhm«, machte der Junge und rieb sich dabei die Nase.
»Und deine Eltern, wo sind die?« setzte Karla das Verhör fort.
»Die sind weg. Also... ich meine... äh, fort, also... ein Unfall. Von einem Rhinozeros aufgefressen, in London.«
»Aha«, murmelte Karla und musterte den Jungen eingehend. Sie hatte ihn noch nie gesehen, auf der Straße nicht und in der Schule nicht. Was ihr gefiel, waren seine roten Haare, irgendwie sah er damit gar nicht aus wie die anderen Kinder aus der Stadt.
»Und wie heißt du?«
»Daniel.«
»Ich bin Karla. Und das hier ist *mein* Geheimzimmer. Davon weiß gar niemand was. Und wenn du's jemandem verrätst, dann...«
»Ich sag's niemand«, sagte Daniel schnell.
»Und eigentlich darf auch niemand hier rein. Aber vielleicht

mach' ich mal eine Ausnahme... Sperrt deine Tante dich öfter aus?«
»Ne. Äh... doch!« antwortete Daniel.
»Was jetzt?«
»Also hier noch nicht, weil wir... also, meine Tante und ich, wir wohnen noch nicht lange hier. Da wo wir früher waren, da hat sie mich fast jeden Tag in eine dunkle Kammer gesperrt!«
»Ih!«
»Ja... Da sind wir dann ausgezogen, weil die Nachbarn sich beschwert haben, daß ich so laut bin.«
»Wieso laut?«
Daniel rieb sich wieder die Nase.
»Naja, also weil... weil... sie mich immer so gehauen hat. Da hab' ich eben geschrien.«
Karla war entsetzt. »Die haut dich auch?! Aber das darf die gar nicht. Meine Eltern haben gesagt, daß man so was nicht darf. Wenn ich das Mama und Papa erzähle, dann können die bestimmt was für dich tun!«
»Nein, mach das nicht!« sagte Daniel erschrocken.
»Warum denn nicht?« fragte Karla. »Wenn ich Mama und Papa...«
»Lieber nicht!« unterbrach Daniel sie. »Weil... also... das hat schon mal jemand versucht, und das hat nicht geklappt, und dann hab' ich nur noch mehr Haue bekommen... Eigentlich dürfte ich auch gar nicht mit dir reden... da wird sie auch schon böse... ich darf auch niemanden mit nach Hause bringen... Am besten ist es, du erzählst gar keinem davon und wir tun so, als ob wir uns gar nicht kennen.«
Karla schaute Daniel nachdenklich an.

»Zeig mir, wo du ausgesperrt worden bist«, sagte sie dann. Gemeinsam gingen sie in den ›großen‹ Dachboden. Daniel hatte die zugenagelte Tür zu dem Geheimzimmer einfach aufgedrückt.
»Ich hab' mich nur ein bißchen dagegen gelehnt«, sagte er.
Daniel führte Karla quer durch den großen Raum. Hinter einem Balken versteckt gab es tatsächlich Treppen, die nach unten führten. Karla hatte sie bei ihrem Erkundungsgang nicht gesehen.
»Da!« zeigte Daniel in die Dunkelheit.
»Und wohin führt diese Treppe?« fragte Karla.
»In unsere Küche.«
»Hm. Schon gruselig, ohne Taschenlampe«, gab Karla zu und spähte hinunter in den dunklen Treppenschacht. Unten waren plötzlich Schritte zu hören, eine Frauenstimme rief »Daniel!«, und ein Schlüssel wurde irgendwo in einem Schloß gedreht. Daniel schaute Karla furchtbar erschrocken an.
»Ich muß gehen!« sagte er hastig. »Schnell,versteck dich!«
Karla schlich hinter den Balken.
Daniel stolperte die Treppe hinunter und verschwand im Dunkeln. Eine Tür klappte zu, und der Schlüssel wurde wieder umgedreht. Karla ging zurück in ihr Geheimzimmer.
»Rhinozeros«, sagte sie laut zu sich. Sie setzte sich auf ihr Kissen und schrieb einen Zettel:

»Hallo Daniel. Vielleicht wirst du ja wieder ausgesperrt. Dann darfst du hier sein. Willkommen im Geheimbund Rinotzeros! Vereinigung zum Schutz vor Zickentanten. Bis bald! Karla.«

»Papa, was ist denn ein Rhinozeros?« fragte Karla beim Abendessen.
»Ein Rhinozeros? Das ist so eine Art Nashorn«, antwortete Papa.
»Ja, genau«, bestätigte Mama.
»Essen die Menschen?« fragte Karla weiter.
»Nein, die essen nur Pflanzen. Aber sie sind trotzdem gefährlich. Sie sind nämlich ziemlich blind und rennen alles um, was ihnen in den Weg kommt. Und sie sind ganz schön groß«, erklärte Papa.
Karla stocherte nachdenklich in ihrem Essen herum.
»Also, man kann schon durch so ein Nashorn sterben, oder?« fragte sie dann.
»Ja, schon. Aber nur in Afrika. Hier brauchst du keine Angst zu haben.«
Karla wollte schon widersprechen und erklären, daß sie ja gar keine Angst hätte, aber dann fiel ihr ein, daß sie ja nichts verraten durfte.
Sie steckte sich ein Stück Kartoffel in den Mund und fragte – so ganz nebenbei und mit vollem Mund: »Und in London?«
»In London auch nicht. Außer, der ganze Zoo bricht aus. Aber das passiert eigentlich nicht.«
»Und in nächster Zeit kommst du sicher sowieso nicht nach London«, setzte Mama hinzu. Karla nickte.
Papa schaute sie forschend an. Ihre Fragen waren ihm wohl verdächtig vorgekommen. Karla ließ sich nichts anmerken und aß mit ernstem Gesicht weiter.
»Ach, jetzt versteh' ich, warum du in letzter Zeit so selten rausgehst«, sagte Papa und grinste. »Weil du Angst vor Nashörnern hast.«

»Quatsch!« antwortete Karla. »Außerdem geh' ich ja raus, manchmal.«
»Aber eigentlich ziemlich selten, oder? Und mit den anderen Kindern hast du auch schon lange nichts mehr gemacht«, stellte Mama fest.
»Kann schon sein«, brummte Karla. »Was soll ich auch mit denen spielen? Fußball vielleicht?! Mag ich nicht. Und außerdem hocken die auch meistens drinnen und gucken Fernsehen. Ist doch doof. Ihr sagt ja selbst, daß das ungesund ist.«
»Stimmt«, sagte Papa. »Und da macht keiner was anders?«
Karla zuckte mit den Schultern.
»Jedenfalls nicht das, was ich will.«
»Und was willst du – außer Baumhäuser bauen?« fragte Mama.
»Weiß nicht... Abenteuer erleben eben... so was. Bin fertig.«
Karla stand auf und ging in ihr Zimmer.
Eigentlich hätte sie Mama und Papa ganz gerne von dem Jungen auf dem Dachboden erzählt. Aber das ging ja nicht. Und außerdem: Es war viel abenteuerlicher, wenn alles geheim blieb.

Karla konnte es kaum erwarten, wieder auf den Dachboden zu kommen.
Als sie am nächsten Tag aus der Schule kam und Mama in ihrem Zimmer arbeitete, schlich sie wieder in die Küche, packte diesmal zwei Stück Kuchen ein und ging durch den Wandschrank in das verborgene Treppenhaus.
Als sie ins Geheimzimmer kam, sah sie gleich, daß Daniel noch nicht dagewesen war – ihr Zettel lag noch unberührt auf dem Tisch. Eigentlich war das gut für Daniel, denn das hieß ja, daß seine Tante vielleicht ein bißchen netter zu ihm war.

Trotzdem wartete Karla ungeduldig. Der Regen pladderte auf das kleine Fenster. Es war ziemlich dunkel in dem Zimmer. Karla zündete eine Kerze an und setzte sich auf das Kissen. Sie hatte nicht einmal Lust, in ihrem Buch zu lesen. Ob Daniel heute wieder ausgesperrt werden würde?
Da hörte sie Schritte, und schon stand er in der Tür.
»Hallo«, sagte er.
»Da bist du ja«, sagte Karla und stand auf. »Hat dich deine Tante wieder ausgesperrt? Ich erlaub' dir, daß du in meinem Zimmer sein darfst. Ausnahmsweise. Aber du darfst keinem… Was hast du da eigentlich?«
Daniel hatte über dem linken Auge ein großes rundes Pflaster.
»Das hab' ich wegen meinen Augen«, sagte Daniel.
»Hat sie dir etwa aufs Auge gehauen? Das ist ja gemein!« sagte Karla.
Daniel nickte.
»Ist das jetzt so richtig blau, darf ich mal sehen?«
Karla ging zu ihm hin und wollte unter das Pflaster schauen.
»Halt, nein«, wehrte sich Daniel.
»Warum denn? Tut's so weh?«
»Ja. Weil, weißt du, meine Tante… also… die hat mir nämlich das Auge ganz ausgeschlagen.«
»Nein!?«
»Doch, wirklich! Ich mußte so richtig ins Krankenhaus und da haben sie mir dann so ein Glasauge reingemacht. Und das muß jetzt heilen, und da darf kein bißchen Licht ran. Wirklich!«
»Ein richtiges Glasauge?«
Daniel nickte beschwörend.
»Dann siehst du ja gar nicht mehr richtig. Komm, ich führ' dich.«

Karla nahm Daniel bei der Hand und führte ihn die drei Schritte zum Kissen.
»Da kannst du dich hinsetzen«, sagte sie und drückte ihn sanft hinunter.
»Geht schon. Mit dem anderen Auge seh' ich ja noch alles.«
Karla setzte sich neben ihn.
»Deine Tante ist ja wirklich sehr böse. Meinst du wirklich nicht, daß wir irgendwas machen können? Sie überlisten, daß du von ihr weg kommst?«
Daniel starrte einäugig unentwegt auf den Kuchen vor sich.
»Ich weiß nicht«, sagte er langsam.
»Vielleicht könnten wir eine Entführung vortäuschen oder so... Also ich finde die Idee gut.«
Daniel starrte immer noch und antwortete nicht.
»Du kannst gerne von dem Kuchen essen, wenn du magst.«
»Das ist toll, wirklich super.«
Daniel nahm ein Stück Kuchen und begann es in sich hineinzustopfen.
»Der ist lecker. Weißt du, meine Pampe«, – er versuchte, mit vollem Mund zu sprechen – »meine Pampe, die gibt mir mampfmal auch nichts Richtiges zu essen, wenn sie findet, daß ich nicht genug gearbeitet hab'.«
»Was mußt du denn arbeiten? Mußt du nicht zur Schule?« fragte Karla.
»Doch, schon«, antwortete Daniel undeutlich. »Aber nachmittags, da muß ich Holz hacken.«
Er wischte sich die Krümel vom Mund.
»Wieso Holz? Habt ihr keine Zentralheizung? Also wir haben eine. Und du wohnst doch im gleichen Haus!« sagte Karla erstaunt.

»Ja, wir haben auch Zentralheizung«, antwortete Daniel. »Aber meine Tante… also, die sammelt Holz. Na ja, damit sie dann schon welches hat, wenn wir mal in eine Wohnung ziehen, wo es nur Holzöfen gibt.«
Er rieb sich die Nase.
Karla sah ihn ungläubig an. »Du mußt Holz hacken?« fragte sie noch einmal nach.
»Ja, also… so ab und zu. Und wenn sie meint, es war nicht genug, dann gibt sie mir manchmal nichts zu essen.«
»Ich kann dir ja immer was mit hochbringen«, sagte Karla und schob ihm das zweite Stück Kuchen zu. »Hier oben könntest du dich gut ein paar Tage verstecken.«
Daniel schaute sich etwas zweifelnd im Raum um. Sehr einladend sah das Zimmer nicht gerade aus. Inzwischen war es auch schon ziemlich kühl. Er griff nach dem Kuchen.
»Was machst du hier oben eigentlich immer?« fragte Daniel, nachdem er auch das zweite Stück Kuchen gegessen hatte.
»Alles mögliche. Lesen…«
»Was denn?« fragte Daniel.
Karla zeigte ihm ihre Bücher, die sie hier oben hatte. Daniel betrachtete sie interessiert.
»Das eine kenn' ich schon, das ist toll«, sagte Daniel. »Das ist doch das mit dem Jungen, der immer in Fortsetzungen träumt und dann im Orient ist. Das ist spannend.«
»Find' ich auch. Die anderen darfst du auch gern lesen, wenn du willst. Wenn du mal ausgesperrt wirst, und ich bin nicht da«, sagte Karla.
»Genau«, antwortete Daniel. »Und was hast du in der Kiste?« Er zeigte auf die Truhe, die an der Wand stand.
»Ich weiß nicht«, antwortete Karla. »Die krieg' ich nicht auf.«

Gemeinsam untersuchten sie die Truhe. Das Schloß war verrostet, und der Deckel ließ sich überhaupt nicht bewegen.
»Vielleicht ist ja ein Schatz da drinnen«, sagte Karla.
»Oder Zaubermittel gegen böse Tanten«, sagte Daniel.
»Oder Geheimdokumente.«
»Oder Knochen.«
»Was für Knochen denn?«
»Von einem Tier oder so.« Daniel grinste Karla an. »Oder von einem alten Schornsteinfeger.«
»Der paßt da ja gar nicht rein«, sagte Karla. »Ich muß jetzt aber gehen. Papa kommt bestimmt gleich. Und meine Eltern sollen doch nicht merken, daß ich weg bin.«
»Schade«, sagte Daniel.
»Hoffentlich ist deine Tante ein bißchen netter zu dir.« Karla ging zur Tür. »Und hoffentlich bist du bald mal wieder hier oben!« Sie verschwand aus dem Zimmer und ließ Daniel mit der flackernden Kerze alleine zurück.

Am nächsten Tag bekam Karla einen Brief von ihrer Oma. Als sie den Brief zweimal gelesen hatte, schlenderte sie hinüber zu Mamas Arbeitszimmer, wo Mama an ihrem Schreibtisch saß und über dicken Büchern brütete.
»Mama«, sagte Karla und lehnte sich an den Tisch.
»Moment, Karla, ich kann jetzt nicht«, antwortete Mama, ohne aufzublicken.
Karla blieb an den Tisch gelehnt stehen und guckte zu, wie Mama in den Büchern blätterte und unverständlich vor sich hin murmelte.
Sie ging in die Küche. Sie öffnete den Wandschrank, diesmal aber nicht, um in das Treppenhaus zu gelangen, sondern um

die Dosenvorräte zu überprüfen. Wenn sie zwei Raviolidosen mit nach oben nähme, würde es bestimmt nicht auffallen.
Mama kam in die Küche.
»Karla?« rief sie.
Karla stellte die Dosen wieder hin und kam aus dem Schrank heraus.
»Was wolltest du denn eben?« fragte Mama.
»Ach nichts«, sagte Karla.
»Kommst du mit einkaufen?«
Karla nickte.
Als Karla mit Mama zusammen aus dem Haus ging, passierte etwas Merkwürdiges: Gerade, als sie die Tür öffneten, kam ihnen eine Frau mit einem Jungen entgegen. Der Junge war Daniel.
Das Ganze wäre nicht so bemerkenswert gewesen, wenn die Frau nicht so nett ausgesehen hätte. Und das mußte ja wohl seine schreckliche Tante sein.
Mama grüßte freundlich, und die Frau nickte zurück. Karla gab sich vorsichtshalber nicht zu erkennen. Sie guckte Daniel nicht einmal an.
»Die sahen aber nett aus«, sagte Mama auf dem Gehweg. »Kennst du den Jungen?«
»Wieso?« fragte Karla ertappt. »Seh' ich so aus?«
»Es könnte doch sein, der Junge ist ungefähr so alt wie du…«
»Nie gesehen«, antwortete Karla barsch.
»Ach Karla, warum bist du denn so stur? Sei doch nicht gleich so ruppig. Es gibt bestimmt auch nette Kinder in der Stadt, mit denen du spielen kannst.«
»Ich bin gar nicht ruppig. Ich kenn' den Jungen eben nicht, dafür kann ich doch nichts.«

Schweigend gingen sie zum Supermarkt. Karla überlegte die ganze Zeit, wer diese nett aussehende Frau sein könnte. Wenn es nicht seine Tante war, wer dann? Sie konnte es gar nicht erwarten, Daniel zu treffen und ihn danach zu fragen. Ungeduldig ging sie mit Mama durch das Geschäft und wollte sich nicht mal die Drachen nebenan in dem Drachengeschäft anschauen.

Gleich nach dem Essen schlich Karla in ihr Geheimzimmer.

Daniel war nicht da.

Als sie gerade beschlossen hatte, nicht länger zu warten, hörte sie seine Schritte. Karla riß die Tür auf.

»Da bist du ja endlich!«

Daniel blieb in der Tür stehen.

»Hallo«, sagte er freundlich.

»War das deine Tante vorhin?« fragte Karla. »Die sah aber richtig nett aus! Oder ist das eine andere Tante, von der du noch nichts erzählt hast? Oder ist deine Tante gar nicht so schlimm und du übertreibst nur alles so?«

»Nein, also... das ist nicht meine Tante...«, sagte Daniel und ging an Karla vorbei ins Zimmer. Karla folgte ihm.

»Aber wer ist es denn dann? Ich dachte, du darfst gar niemanden Netten sehen?«

»Ja, also, das ist so...« begann Daniel und setzte sich auf das Kissen.

Karla blieb stehen. Daniels Ruhe machte sie noch viel ungeduldiger.

»Oder bist du in Wirklichkeit nur zu Besuch da und wohnst bei jemand ganz anderem? Dann hab' ich dich ja ganz umsonst in mein Zimmer gelassen! Dann ist das ja alles gar nicht so schlimm!«

Daniel wollte etwas sagen, aber Karla war nicht mehr zu bremsen.
»Wenn du mich ausgetrickst hast, ich sag' dir, dann... dann kannst du gleich wieder verschwinden aus meinem Zimmer... Und darfst nie wieder herkommen!«
Zur Bekräftigung ihrer Drohung trat Karla mit dem Fuß gegen die rostige Badewanne.
»Aber das ist doch alles ganz anders«, kam Daniel endlich zu Wort. »Also... also... die Frau... die Frau ist wirklich nett. Die will mich nämlich retten... Ja, die ist nämlich von diesem Amt, diesem, ähm... Kinderrettungsamt. Und die versucht mich freizukriegen, also, ich meine, von meiner Tante wegzuholen. Aber das ist eben nicht so einfach. Manchmal kommt sie mich besuchen, um zu sehen, wie es mir geht. Dann verstellt sich meine Tante immer. Sie tut so, als ob sie ganz lieb wäre. Und sobald die Frau weg ist, ist sie wieder ganz gemein. Noch viel gemeiner sogar. Wie heute, da hat sie mich auch gleich wieder ausgesperrt...«
In dem graubläulichen Zwielicht konnte Karla erkennen, wie Daniel sich mit dem Finger die Nase rieb. Er wirkte ganz durcheinander.
»Aha«, sagte sie. »Und die Frau, kann die denn wirklich nichts machen – deine Tante anzeigen oder so?«
Daniel schüttelte den Kopf.
»Schade«, sagte Karla. Sie ging zu Daniel hinüber und setzte sich neben ihn aufs Kissen.
»Dann müssen *wir* uns eben was einfallen lassen.«
»Was denn?« fragte Daniel unsicher.
»Ich weiß auch noch nicht. Aber auf jeden Fall müssen wir zusammenhalten.«

»Genau«, bestätigte Daniel.
»Und uns hier oben treffen, um Tantenüberlistungspläne zu schmieden…«
»Und zu lesen.«
»Ja und noch andere Sachen zu machen.«
»Genau.« Daniel grinste sie einäugig an.
Karla knuffte ihn in die Seite und stand auf. »Ich muß gehen«, sagte sie. »Hoffentlich mußt du nicht noch sehr lange hier oben bleiben.«
»Nö, ich geh' auch gleich«, antwortete Daniel. »Äh, also meistens läßt mich meine Tante immer kurz nachdem du weg bist wieder rein.«
»Tschüß«, sagte Karla.
»Bis morgen«, rief Daniel ihr noch nach.

Seit diesem Nachmittag trafen sich Karla und Daniel fast täglich in dem Geheimzimmer. Daniel erzählte Karla, daß er immer »extra frech« sei, damit er ausgesperrt würde. Das imponierte ihr schon ein bißchen.
Karla schmuggelte – für alle Notfälle – noch drei Dosen Ravioli, eine Flasche Saft und eine Decke hinauf. Außerdem hatte sie eine Hängematte mitgebracht und an den Balken befestigt – falls Daniel einmal nachts ausgesperrt werden sollte, was bis jetzt zum Glück nicht vorgekommen war. Daniel hatte ihr erzählt, daß seine Tante das früher ab und zu getan habe.
Manchmal hatte Daniel Hunger, komischerweise immer dann, wenn Karla ihm Kuchen mitgebracht hatte. Hatte sie Brote dabei, kam er gerade vom Essen und war satt.
Mit ihren Plänen zu Daniels Befreiung kamen sie allerdings nicht weiter.

»Na ja, wenigstens kannst du hier hochkommen, und wir können was zusammen machen«, sagte Karla.
»Genau«, sagte Daniel.
Und das taten sie dann auch.
Sie spielten ›Fischer auf dem Ozean‹ mit der rostigen Badewanne. Oder sie lasen sich was vor. Manchmal fand es Karla sehr schade, daß sie nie zusammen raus konnten. Sie hatten nicht einmal den gleichen Schulweg, weil Daniel auf eine andere Schule ging und viel früher weg mußte. Aber das war eben nicht zu ändern.
Als Karla mit Daniel einmal oben saß und Schiffeversenken spielte, hatte sie das Gefühl, daß etwas anders war an ihm. Sie betrachtete ihn lange, bis sie darauf kam, was es sein könnte.
»War dein Glasauge nicht mal auf der anderen Seite?« fragte sie.
Das große runde Pflaster klebte über dem rechten Auge.
»Was?« fragte Daniel zurück. »D5?«
»Getroffen. Dein Glasauge – wo ist das?«
»Das? Das ist...« Daniel befühlte sein Auge. »Na hier, rechts. D6?«
»Ich dachte, das war mal auf der anderen Seite.«
Daniel guckte von seinem Zettel auf.
»Nein, nein, also... das kann ja gar nicht sein. Weil, meine Tante, die ist doch, ähm, Linkshänderin.«
»Ja und, was hat das damit zu tun?« fragte Karla.
»Na, wenn sie mit der linken Hand zuhaut, dann trifft sie automatisch mein rechtes Auge.«
Daniel streckte seine linke Faust aus und hätte Karla tatsächlich fast am rechten Auge getroffen.

»He!«, sagte Karla. »Ich glaub' dir auch so.«
»D6?«
»Versenkt.«
Als Karla später wie immer die Wendeltreppe hinunterging und die Tür zu dem Wandschrank öffnete, blieb sie erschrokken stehen. Sie konnte hören, wie Mama und Papa in der Küche miteinander sprachen. Wie sollte sie zurück in ihr Zimmer kommen, ohne daß sie etwas merkten?
»Und wo ist sie jetzt?« fragte Papa gerade.
Karla rührte sich nicht.
»Ich weiß nicht«, antwortete Mama. »In letzter Zeit ist sie so verschlossen. So kenn' ich sie gar nicht. Sie hockt dauernd in ihrem Zimmer rum. Ich glaube, sie nimmt uns den Umzug wirklich übel.«
Papa seufzte.
»Na ja, das ist ja auch eine riesige Umstellung...«
»Vielleicht, wenn wir jemanden finden würden, dem es ähnlich geht? Karla ist doch eigentlich hilfsbereit...«
»Wie meinst du das?« fragte Papa.
Die Antwort konnte Karla nicht mehr verstehen, denn jetzt gingen Mama und Papa glücklicherweise ins Wohnzimmer.
Karla atmete auf. Leise schlich sie in die Küche und von dort in den Flur. Die Wohnzimmertür war angelehnt, Karla konnte, ohne gesehen zu werden, vorbeihuschen. Sie öffnete die Wohnungstür und schlug sie laut zu.
»Hallo!« rief sie in den Flur.
»Hallo«, rief Mama zurück.
Papa kam aus dem Wohnzimmer.
»Da bist du ja, Spatz«, sagte er und gab ihr einen Kuß. »Wir haben uns schon gewundert, wo du steckst.«

»War draußen«, sagte Karla.
»Aber draußen gießt es doch in Strömen«, sagte Papa. »War's da nicht ungemütlich?«
»Ging so«, sagte Karla und lächelte Papa etwas zerknittert an. Es fiel ihr schwer, ihm nicht die Wahrheit zu sagen.

»Übermorgen kommt ein Schriftsteller in die Stadtbücherei«, erzählte Daniel, als sie am nächsten Tag gemeinsam in der Hängematte saßen. »Wollen wir da nicht hin?«
»Wie denn?« fragte Karla.
»Na ja«, antwortete Daniel und rieb sich die Nase. »Wir können ja von hier aus...«
»Quatsch«, sagte Karla. »Wir können doch nicht einfach vom Dachboden verschwinden. Wenn deine Tante dich dann wieder holen will, und du bist nicht da... ich will mir gar nicht ausdenken, was dann passiert.«
»Ich kann sie ja auch fragen... In letzter Zeit ist sie gar nicht so schlimm«, sagte Daniel.
Karla schüttelte energisch den Kopf.
»Wirklich! Sie sperrt mich auch kaum noch aus«, beteuerte Daniel.
»Aber du bist doch jeden Tag hier?«
»Ja, klar, also... ich hab' mich einfach rausgeschlichen«, erklärte Daniel und rieb sich schon wieder die Nase.
Karla starrte ihn an. Dann sprang sie mit einem Ruck aus der Hängematte.
»Bist du verrückt geworden?! Wenn deine Tante mitkriegt, daß du heimlich herkommst, dann... dann können wir das hier vergessen. Dann sperrt sie dich womöglich nie mehr aus... Oder sie haut dir gleich das andere Auge aus!«

Sie faßte Daniel am Arm und zog ihn hoch.
»Los, du mußt runter, bevor sie was merkt!«
»He!« sagte Daniel. »Meine Tante ist wirklich viel netter geworden…«
Karla war der Meinung, einer Tante, die einem das Auge ausschlug, konnte man nicht vertrauen – nie!
»Die wartet doch nur auf so was«, sagte Karla und schob ihn zur Tür. »Ich will nicht schuld sein, wenn du nichts mehr siehst.«
»Nein, Karla, ich will… laß mich.«
Karla ließ ihn los.
»Ich wollte doch nur mal mit dir rausgehen«, sagte Daniel beleidigt.
»Ja, das würd' ich ja auch gern. Aber du hast mir doch selbst erzählt, wie gemeingefährlich deine Tante ist. Und dann setzt du auch noch unser Geheimzimmer aufs Spiel…«
»Mach' ich ja gar nicht«, sagte Daniel.
»Dann mußt du jetzt aber gehen. Bevor's zu spät ist.«
Karla ging in den ›großen‹ Dachboden voraus. Daniel kam langsam nach. Er sah nicht sehr glücklich aus.
»Sei vorsichtig beim Zurückgehen«, flüsterte Karla. »Daß sie dich nicht erwischt.«
Sie waren an Daniels Treppe angelangt.
»Bis morgen«, sagte Karla und drückte ihn die Stufen hinab. Daniel blieb gar nichts anderes übrig, als die Treppe hinunterzugehen.
Karla hörte noch, wie er die Tür aufmachte, und wie sie zuklappte. Sie ging wieder zurück. Die Hängematte schwang noch hin und her.
Es hatte mal wieder zu regnen begonnen. Karla stellte sich an

das Fenster ihres Geheimzimmers und schaute hinaus. In der Ferne konnte sie die Lichter der Stadt erkennen, die durch die Scheibe betrachtet verschwommen flimmerten.
»Ganz schön gefährlich«, murmelte sie. »Verrät fast unser Geheimzimmer.«

Als Karla am Abend in ihrem Bett lag, kam nicht nur Mama, sondern auch Papa mit ins Zimmer, um ihr Gutenacht zu sagen.
»Wir bekommen morgen Besuch«, sagte Mama und setzte sich auf die Bettkante.
»Wer kommt denn?« fragte Karla. »Oma?« Sie richtete sich auf.
»Nein, Oma nicht. Eine Familie, die neu in das Haus hier gezogen ist.«
»Ach so«, sagte Karla und legte sich wieder hin.
»Weißt du, die haben einen Jungen, der ungefähr so alt ist wie du und der sich in der Stadt nicht so auskennt. Wir haben gedacht, vielleicht könntest du ihm ein bißchen helfen, also, die Stadt zeigen und so. Und morgen kommen sie also zum Kaffee, damit ihr euch mal kennenlernt...«
»Muß das sein?« fragte Karla. »Ich hab' eigentlich gar keine Zeit.«
»Was hast du denn so Dringendes vor?« fragte Papa und lächelte.
»Na ja, ich wollte morgen Oma einen langen Brief schreiben und außerdem...«
»Das kannst du doch abends immer noch machen«, sagte Papa und strich ihr über den Kopf.
»Schau ihn dir doch einfach mal an«, sagte Mama und gab

ihr einen Gutenachtkuß. »Es gibt auch deinen Lieblingskuchen.«
»Hm«, brummte Karla und kuschelte sich in die Bettdecke.
Am nächsten Tag roch Karla ihren Lieblingskuchen schon im Treppenhaus, als sie von der Schule nach Hause kam. Wenigstens konnte sie Daniel davon etwas abgeben, wenn sie sich heute schon nicht treffen konnten.
Der Besuch sollte um drei Uhr kommen.
Karla deckte sogar mit Papa den Tisch. Ein bißchen neugierig war sie schon, wer da kommen würde.
Kurz vor drei klingelte es. Karla lief hinter Mama zur Tür. Mama öffnete und drei Personen kamen herein: Eine nett aussehende Frau, die Karla als die Frau vom Kinderrettungsamt erkannte, hinter ihr Daniel und hinter Daniel ein Mann. Karla war überrascht. Warum hatte ihr Daniel nicht erzählt, daß die Frau wieder zu Besuch kommen würde? Und wer war der Mann?
Die Erwachsenen begrüßten sich.
»Und du bist sicher Karla«, riet die Frau richtig und kam auf sie zu.
Karla nickte.
»Das ist Daniel«, sagte die Frau und zog ihn nach vorne.
Daniel lächelte Karla unsicher an. Sein Pflaster über dem Auge war verschwunden. Auf seiner Nase thronte dafür eine Brille.
»He«, entfuhr es Karla. »Dein Glasauge sieht ja richtig echt aus!«
»Karla«, sagte Mama streng. »Daniel hat doch kein Glasauge. Er sieht nur ein bißchen schlecht.«
»Und deswegen hat er jetzt eine Brille«, erklärte die Frau. »Die hat er erst seit gestern, vielleicht sieht es noch ungewohnt aus.

Das sollte ja erst mit den eigenen Augen ausgeglichen werden«, wandte sie sich an Mama. »Da mußte er dann so ein Pflaster tragen. Erst auf dem einen, dann auf dem anderen Auge. Aber das hat dann leider doch nichts genützt.«
Karla starrte sie scheinbar etwas begriffsstutzig an.
»Leider sind in unserer Familie alle ein bißchen kurzsichtig«, sagte der Mann.
»Wieso Familie?« fragte Karla gedehnt. »Ich denke, das ist doch gar nicht Ihr Kind.«
»Karla...«, sagte Mama vorwurfsvoll
Daniel versteckte sich hinter der Frau. »Doch«, sagte die freundlich. »Daniel ist unser Sohn. Ich bin seine Mami und das«, sie deutete auf den Mann, »ist sein Papa. Er hat sogar noch einen großen Bruder, aber der ist nicht mitgekommen.«
»Ach...so«, sagte Karla und ihre Stimme klang ganz heiser. Sie mußte immer wieder zu der Frau und zu Daniel gucken. Daniel schaute unentwegt auf den Boden. Karla wußte überhaupt nicht mehr, was sie sagen sollte. Es hatte ihr regelrecht die Sprache verschlagen.
»Laßt uns doch endlich ins Wohnzimmer gehen«, sagte Mama.
Die Gruppe setzte sich in Bewegung. Karla drückte sich an die Wand und ließ alle an sich vorbeiziehen.
»Du gemeiner Hund!« zischte sie Daniel zu.
»Wie bitte?« fragte sein Vater interessiert.
Karla drehte ihm den Rücken zu und blieb alleine im Flur zurück. Sie mußte über das, was sie da eben gehört hatte, erst noch einmal richtig nachdenken.
Eines war klar: Daniel hatte sie ganz gemein angelogen.
Karla stampfte wütend mit dem Fuß auf. »So was Fieses!« Sie biß sich auf die Lippe, um nicht loszuweinen.

»Karla«, rief Papa aus dem Wohnzimmer. »Der Kuchen steht auf dem Tisch.«
»Komm' gleich«, antwortete Karla.
Als sie ins Wohnzimmer kam, war nur noch neben Daniel ein Platz frei; Karla setzte sich hin.
»Du darfst den Kuchen verteilen«, sagte Mama.
»Keine Lust«, antwortete Karla.
»Aber ein Stück Kuchen willst du doch sicher haben«, sagte Papa und hatte ihr auch schon eins auf den Teller gelegt. Karla rührte ihn nicht an.
Die Erwachsenen begannen sich zu unterhalten.
»Gibt's bei euch eine Tante?« fragte Karla laut dazwischen.
»Bei uns? Nicht direkt... also, die wohnt nicht bei uns«, antwortete Daniels Mutter.
»Ist die nett?« fragte Karla weiter.
»Ja, also... da frag am besten den Daniel selbst. Aber ich glaube, die ist schon nett. Oder, Daniel?«
Daniel war ganz rot geworden.
»Ja«, sagte er leise.
Das Gespräch der Erwachsenen ging weiter.
»Du hast also eine nette Tante?!« flüsterte Karla Daniel zu und trat ihn mit dem Fuß gegen das Schienbein. Daniel wich zurück.
»Die Tante Zinke, die ist aus einem Buch«, sagte er gequält. Seine Mutter sah ihn besorgt an. »Redest du schon wieder von deinen Büchern?«
»Ich muß nur schnell was erklären, wegen einer Geschichte...«
»Das ist doch jetzt nicht so wichtig«, sagte seine Mutter. »Red doch mal über was anderes. Oder probier wenigstens den leckeren Kuchen.«

»Ich mag jetzt nicht«, sagte Daniel und stocherte auf seinem Teller herum.
Die Erwachsenen unterhielten sich wieder. Karla und Daniel sprachen kein Wort mehr miteinander.
Papa unterbrach ihr eisiges Schweigen. »Was ist denn mit euch beiden?« fragte er. »Ihr scheint euch ja nicht gerade viel zu sagen zu haben.«
Karla und Daniel antworteten nicht.
»Vielleicht wollt ihr was spielen«, sagte Mama. »Karla, du hast doch in deinem Zimmer…«
»Mit dem spiel' ich nicht«, antwortete Karla.
Mama und Papa schauten sich an.
»Na ja, wenn sie nicht wollen…«, sagte Daniels Vater.
Kurze Zeit später brach Daniels Familie auf. »Nett, daß wir uns einmal kennengelernt haben«, sagte Daniels Mutter an der Tür.
»Ja, auch wenn es nicht so geklappt hat, wie wir uns das vorgestellt haben«, sagte Mama.
»Na ja, das nächste Mal vielleicht.«
Alle außer Karla und Daniel verabschiedeten sich.
Dann waren sie fort.
»Du hast dir aber nicht sehr viel Mühe gegeben«, sagte Mama.
»Kann schon sein«, antwortete Karla und ging in ihr Zimmer.
Sie horchte an der Tür, bis sie sicher war, daß Mama und Papa wieder ins Wohnzimmer gegangen waren. Leise ging sie in den Flur. An der Wohnzimmertür blieb Karla stehen und lauschte.
»Wenn Kinder nicht wollen, dann kann man nichts erzwingen«, sagte Papa.
»Aber daß sie so störrisch ist…« Mama klang niedergeschlagen.

»Manchmal können sich Kinder eben einfach nicht ausstehen«, sagte Papa.
»Wenn die wüßten«, sagte Karla leise. Sie schlich in die Küche und war gleich darauf im Wandschrank verschwunden.
Als Karla die Tür zum Geheimzimmer aufstieß, war Daniel schon da.
»Karla, ich wollte dir schon...« sagte er und kam auf sie zu.
»Was fällt dir ein, überhaupt noch hierher zu kommen«, schrie Karla ihn an. »Du spinnst wohl!«
»Ich wollte dir doch sagen, warum ich...« fing er noch einmal an.
»Du bist ein ganz gemeiner Lügner! Du darfst nie wieder in das Zimmer hier, hast du verstanden?! Hau ab jetzt, du Blödmann, geh weg. Und wenn du noch einmal herkommst, dann kannst du was erleben!«
Sie hob den Arm, als ob sie ihn schlagen wollte, aber Daniel blieb einfach stehen.
»Hau ab!« schrie Karla und packte ihn an der Schulter. Sie schüttelte ihn, aber Daniel wehrte sie ab.
»Karla, du blöde Kuh, hör mir doch mal zu!«
»Du hast mich ganz gemein reingelegt, du Hund, dir glaub' ich gar nichts mehr. Du erfindest ja sowieso alles!«
Karla weinte.
Daniel wollte sie anfassen, aber Karla schubste ihn zurück.
»Geh weg! Du bist so gemein! Und dann hast du dich wahrscheinlich noch kaputtgelacht über mich, weil ich dir alles geglaubt hab'!«
In ihrer Wut faßte Karla Daniel am Arm und versuchte, ihn mit aller Kraft aus dem Zimmer zu zerren.
Daniel aber hielt sich erfolgreich am Türrahmen fest.

»Hör auf!« sagte er. »Wenn du so bist, dann muß man ja lügen! Schon beim ersten Mal, wenn ich da nicht ausgesperrt worden wär', dann hättest du mich gleich rausgeschmissen!«
»Du warst ja gar nicht ausgesperrt!«
»Doch, von meinem Bruder. Aber das konnte ich ja gar nicht erzählen, da hast du schon mit der Tante angefangen!«
»Ich?!«
Karla ließ Daniel los. Der fiel nach hinten auf den Boden.
»Ja, du«, sagte Daniel und stand auf. »Ich hab' nur nichts dagegen gesagt. Und später, da hab' ich mich nicht mehr getraut. Weil du immer gleich so grob wirst!«
»Weil du so lügst«, sagte Karla.
»Ich wollte es dir ja sagen. Aber ich hab' nicht gewußt, wie. Gestern zum Beispiel...«
»Gemeiner Lügner.«
»Aber jetzt muß ich doch gar nicht mehr lügen. Das ist doch jetzt viel besser so... Wir können hingehen, wohin wir wollen. Morgen zu der Lesung oder...«
»Mit dir geh' ich garnirgendwo mehr hin«, sagte Karla.
»Aber Karla... Ich dachte, wir wären Freunde.«
»Pff«, machte Karla.
Daniel setzte sich auf den Tisch.
»Schade. Ich hab' mir das so toll vorgestellt.«
Es war schon so dunkel in dem Raum, daß Karla Daniel kaum noch erkennen konnte. Sie stand an der Tür und dachte nach.
»Und woher weiß ich, daß du mich nicht wieder anlügst?« fragte sie nach einer Weile.
»Ich lüg' dich nicht mehr an, Ehrenwort. Ich hab' ja nur gelogen, weil du am Anfang so unfreundlich warst«, kam es

von dem Tisch. Und einen Moment später, etwas leiser: »Tut mir leid.«

»Hm«, machte Karla. Dann plötzlich, als ob nichts gewesen wäre, sagte sie: »Mir ist kalt, wollen wir nicht zu mir gehen?«

»Jaa!« sagte Daniel freudig und kam auf sie zugesprungen.

»Aber du darfst niemandem unser Geheimzimmer verraten«, sagte Karla.

»Niemals«, versicherte Daniel.

»Komm, wir gehen«, sagte Karla. »Bei uns gibt's ja noch jede Menge Kuchen.« Sie grinste ihn an.

»Ich hol' nur noch kurz was«, sagte Daniel.

Er lief fort und kam nach wenigen Minuten mit einem Buch in der Hand wieder.

»Das... hab'... ich... damals gelesen«, keuchte er. »Ich les' dir was daraus vor... gleich.«

Zusammen gingen sie die Wendeltreppe hinunter. Karla hatte Daniel an der Hand gefaßt und warnte ihn, wenn die Stufe morsch war, damit er nicht stolperte. Ohne daß Mama und Papa etwas merkten, kamen sie in Karlas Zimmer. Sie setzten sich aufs Bett und stopften den Kuchen in sich hinein.

Daniel begann vorzulesen:

»›Er‹- der Junge in dem Buch nämlich«, erklärte Daniel. »Also ›er war plötzlich ganz allein auf dieser großen, feindlichen Welt. James wurde mit einem Köfferchen zu seinen beiden Tanten geschickt. Sie hießen Tante Schwamm und Tante Zinke, und sie waren beide einfach gräßliche Wesen, das muß man schon sagen. Sie waren faul und grausam, und gleich von Anfang an schlugen sie den kleinen James immerzu und ohne jeden Grund. Kein einziges Kind durfte jemals mit James spielen...‹«

Daniel wurde durch das Knarren der Tür unterbrochen. Durch den Türspalt schoben sich die Köpfe von Mama und Papa. Karla hatte sie noch nie so verblüfft gesehen.
»Aber...«, sagte Papa.
»Oh«, sagte Mama.
»Wo kommst du denn her?« fragte Papa.
»Von uns oben«, antwortete Daniel.
»Ja, aber... wie denn?« fragte Papa verwirrt.
»Na, mit den Füßen«, sagte Karla.
»Und ihr vertragt euch?« fragte Mama.
»Klar«, antwortete Karla.
»Genau«, sagte Daniel.
»Aber vorhin...«
»Da waren so viele Erwachsene da«, erklärte Karla.
»Ach so«, sagte Papa und guckte Mama vielsagend an.
»Außerdem will mir Daniel gerade eine Geschichte fertig erzählen«, sagte Karla.
»Ja, dann... gehen wir mal wieder«, sagte Papa und zog Mama mit sich nach draußen.
Karla und Daniel prusteten los vor Lachen.
Als sie sich wieder etwas beruhigt hatten, fragte Karla: »Wie ging die Geschichte denn nun eigentlich wirklich aus?«
»Tante Zinke wurde von einem Riesenpfirsich überrollt«, antwortete Daniel. »Und zerquetscht.«
»Aha«, sagte Karla. »Naja, geschieht ihr ganz recht.«
Sie grinste ihn an.
»Wenn sie ihrem Neffen auch das Auge ausschlägt.«
Sie knuffte ihren Freund in die Seite.
»Genau«, sagte Daniel und lächelte sie durch seine verschmierte Brille hindurch an.

Das Geburtstagsfest

Karla stand am Fenster und schaute hinunter auf den kleinen Hof. Neben den Mülltonnen war eine große Pfütze, in der sich der Himmel mit den schnell ziehenden Wolken spiegelte. Eine Taube flog heran und landete im Wasser. Das Himmel-Bild zitterte und löste sich in Ringen auf.
Karla drehte sich um und betrachtete ihr Zimmer. Auf dem Schreibtisch lag aufgeschlagen ihr Heft – sie hatte gerade Hausaufgaben gemacht. Über dem Schreibtisch, an einer Regalleiste, hing ein Foto. Karla guckte es an und mußte grinsen. Eigentlich war es nicht ein Foto, sondern vier, denn es war in einer Schnellfotokabine gemacht worden. Vier Bilder untereinander, auf denen Karla und Daniel zusammen feixten und lachten.
Karla schaute auf ihre Armbanduhr. Um halb drei war sie mit Daniel vor dem Haus verabredet. Sie wollten mit der U-Bahn in eine Stadtbücherei fahren.
Als Karla die Treppe hinunterpolterte, konnte sie durch das hohe Treppenhausfenster sehen, daß unter dem Baum auf dem dreieckigen Platz nicht nur Daniel, sondern auch Arno, Klaus-Uwe und Mark standen.
Die vier redeten offenbar miteinander, am lebhaftesten Daniel mit Arno.
Karla blieb stehen und wartete. Sie hatte keine Lust, mit den anderen dreien zu sprechen.
Aber die Unterhaltung schien kein Ende zu nehmen. Wenn

sie mit Daniel fort wollte, blieb Karla wohl doch nichts anderes übrig, als hinunterzugehen.
»Hallo«, sagte Klaus-Uwe freundlich, als sie zu der Gruppe trat. Daniel und Arno waren so eifrig am Debattieren, daß sie Karlas Ankunft gar nicht bemerkten.
»Die Geschichte ist hypermatisch«, sagte Arno.
Karla zupfte Daniel an der Jacke.
»Wir müssen los«, sagte sie.
»Gleich«, antwortete Daniel fast automatisch und sprach weiter mit Arno. »Find' ich auch. Aber der Glücksdrache ist in dem Buch viel toller!«
»Ich find', im Film kann man sich alles viel besser vorstellen«, antwortete Arno.
»Glaub' ich nicht. Ich hab' mir viel bessere Sachen vorgestellt, die kann man gar nicht verfilmen!«
»Aber den Steinbeißer, also...«
»Felsenbeißer«, verbesserte Daniel Arno.
Weiter konnte Karla das Gespräch nicht verfolgen, denn jetzt wandte sich Klaus-Uwe an sie.
»Weißt du, Manuel geht nämlich mit Clarissa in eine Klasse«, sagte er erklärend zu Karla. Manuel war Daniels großer Bruder.
»Aha«, sagte Karla. »Du, Daniel...«
Daniel und Arno ließen sich nicht stören.
»Haste schon meinen neuen Regenschirm gesehen?« fragte nun Mark, der etwas abseits mit der Regenschirmspitze M. P. in den Boden gestochen hatte. »Super, was?«
Er spannte ihn auf. Auf der Schirmfläche war Batman zu sehen.
»Hm«, machte Karla.
»Bücher sind auch viel länger als Filme. Da ist viel mehr drin«, sagte Daniel.

»Das dauert mir zu lang«, antwortete Arno. »Ich mag das nicht. Ich hab' noch nie ein Buch zu Ende gekriegt.«
»Heißt das, du hast das Buch da, von dem ihr gerade sprecht, nie gelesen?« fragte Karla, die den beiden wieder zugehört hatte.
Arno schüttelte den Kopf.
»Na ja, dann...« sagte Daniel. »Dann kannst du ja eigentlich gar nicht über die Geschichte reden. Du mußt unbedingt das Buch lesen, das ist echt gut. Und viel besser als der Film! Ich leih's dir auch.«
Er wollte sich schon umdrehen, um ins Haus zu gehen.
»He, Daniel, ich will jetzt los«, sagte Karla.
»Ich bring's dir morgen. Oder du kommst gleich mit in die Bücherei«, sagte Daniel.
»Das geht nicht. Ich muß auf meine Geschwister aufpassen, und außerdem kommt in fünf Minuten ›Flipper‹«, antwortete Arno.
»Ich komm mit... also, zu Arno«, sagte Klaus-Uwe fast entschuldigend.
»Und du?« fragte Daniel Mark.
Mark zuckte mit den Schultern.
In diesem Moment kam seine Mutter aus dem Haus.
»Mark!« rief sie streng. Mark zuckte zusammen.
»Komm schon. In einer Viertelstunde beginnt dein Flötenunterricht, und du weißt doch, wie ärgerlich Herr Teichmann ist, wenn du zu spät kommst!«
Mark ging fort, ohne noch ein Wort zu den anderen zu sagen und stieg in das Auto seiner Mutter.
Karla zupfte Daniel wieder am Ärmel. »Gehn wir jetzt?!«
»Bis bald mal wieder«, verabschiedete sich Daniel, und endlich gingen sie los.

»Ich schau' mir nie Filme an, wenn ich das Buch gelesen hab'«, sagte Daniel auf dem Weg zur U-Bahn. »Das hab' ich einmal gemacht, und das war ganz blöd…«
»Der Film, von dem Arno erzählt hat?« fragte Karla.
Daniel schüttelte den Kopf. »Ne, von dem hab' ich nur die Bilder gesehen, und die sahen schon so doof aus…«
»Ach so. Aber dann kannst du ja eigentlich gar nicht über die Geschichte reden.« Karla grinste ihn an.
»Wie heißt der?« fragte Daniel.
»Wer? Der Film oder Arno?«
»Genau«, sagte Daniel. »Arno. Und die anderen?«
»Der Blonde heißt Klaus-Uwe, der hat die doofe Schwester, von der ich dir erzählt hab'. Und der Dicke heißt Mark.«
Daniel nickte. »Ich glaub', die sind nett«, sagte er.
»Na ja, manchmal…« sagte Karla.
U-Bahn fahren machte mit Daniel besonders Spaß. Sie beobachteten die Leute und erzählten sich Geschichten über sie.
Gegenüber von ihnen saß eine Frau, die einen Hasen auf ihrem Schoß sitzen hatte. Sie kraulte ihm den Kopf und redete ununterbrochen leise auf ihn ein.
»Sie geht zum Tierarzt«, flüsterte Karla.
»Oder sie hat ihn an der Leine wie einen Hund«, sagte Daniel.
»Quatsch, er hat doch gar kein Halsband um«, widersprach Karla.
»Vielleicht ist es ihr verzauberter Mann«, sagte Daniel.
»Oder sie ist Zauberin, und das ist ihr Zauberhase.«
Eine Station später stieg die Frau aus. Sie klemmte sich ihren Hasen einfach unter den Arm und ging.
Karla und Daniel guckten ihr aus dem Fenster nach, bis die

U-Bahn wieder ratternd im Tunnel verschwand. Den Hasen hatte sie die ganze Zeit unter dem Arm behalten.
Andere Menschen saßen jetzt in dem Abteil. Die meisten lasen Zeitung, ein paar dösten vor sich hin. Zwei ausländisch aussehende Männer unterhielten sich lebhaft. Plötzlich stand ein bärtiger Mann von seiner Bank auf und ging quer durch den Wagen ans andere Ende.
»Hinter den Büschen lauern die Kannibalen«, sagte er dabei laut. »Hinter den Büschen lauern die Kannibalen!«
Der Mann guckte allen Leuten ins Gesicht und hob warnend den Finger. »Hinter den Büschen lauern die Kannibalen!«
»Wen meint er denn?« fragte Karla Daniel leise, als er an ihnen vorbeigeschlurft war.
»Vielleicht Hunde?« antwortete Daniel.
»Oder er war im Urwald und denkt, er ist immer noch da.«
»Genau. Bestimmt war er in Timbokwa.«
»Wo ist das denn?« fragte Karla.
Daniel zuckte mit den Schultern. »Auf jeden Fall gibt's da Kannibalen!«
»Aha«, sagte Karla.
An der nächsten Station stiegen sie aus.
»Hinter den Büschen lauern die Kannibalen«, rief der Bärtige ihnen nach.
Karla und Daniel rannten die Treppe hoch.
Auf dem Rückweg, nachdem sie in der Bücherei gewesen waren, sahen sie den Mann nicht mehr. Dafür waren diesmal zwei Menschen im Abteil, die Musik machten. Ein Mann spielte Gitarre und eine Frau sang dazu. Karla fand zwar, daß die Frau entsetzlich falsch sang, aber es gefiel ihnen trotzdem.

Am nächsten Tag wollten Karla und Daniel zusammen Drachen steigen lassen. Karla saß noch mit Mama beim verspäteten Mittagessen, als es klingelte. Mama öffnete und ließ Daniel mit seinem Drachen herein.
»Du, Karla«, sagte er. »Ich will Arno noch schnell das Buch bringen, kommst du mit?«
»Ich esse noch«, sagte Karla und steckte sich betont genüßlich eine Riesenportion Nudeln in den Mund.
»Dann eben danach«, sagte Daniel und setzte sich an den Tisch.
»Möchtest du auch was abhaben?« fragte Mama.
Daniel schüttelte den Kopf.
»Wenn wir so spät wegkommen, ist der Wind schon weg«, sagte Karla und nahm sich noch ein bißchen Tomatensoße. »Außerdem liest Arno doch sowieso nicht.«
»Das liest er bestimmt«, sagte Daniel.
»Das ist doch viel zu dick für ihn«, sagte Karla, während sie das Buch in Daniels Händen musterte.
»Aber superspannend.«
»Daniel kann ja auch schon vorgehen und das Buch wegbringen«, sagte Mama. »Bis du fertiggegessen hast, ist er wieder zurück.«
»Ne«, antwortete Karla. »Daniel weiß ja gar nicht, wo das ist. Das muß ich ihm schon zeigen.«
Sie wischte sich den tomatensoßenverschmierten Mund ab und stand auf.
»Viel Spaß ihr zwei«, sagte Mama.
Daniel nickte. Karla gab ihr einen Kuß, holte ihren Drachen und ging mit Daniel hinaus.
»Wollen wir nicht doch lieber gleich Drachen steigen lassen?« fragte Karla vor der Tür.

»Das dauert doch nicht lang«, sagte Daniel.
Karla seufzte. Sie führte Daniel in das Nachbarhaus und dort in den obersten Stock zu Zauners.
Daniel klingelte. Nichts passierte.
»Niemand da«, sagte Karla und drehte sich um. Da wurde die Tür geöffnet. Von Klaus-Uwe.
»Hallo«, sagte er. »Kommt doch rein. – Arno bringt gerade Anna und Bella ins Bett.«
Sie gingen durch den dunklen Flur ins Wohnzimmer, wo wie immer der Fernseher lief, diesmal allerdings ohne Ton.
»Was hast du denn da?« fragte Klaus-Uwe und zeigte auf den Drachen in Karlas Hand.
»Sieht man doch«, antwortete Karla.
»Wir wollen Drachen steigen lassen«, sagte Daniel. »Habt ihr Lust mitzukommen?«
Bevor Klaus-Uwe antworten und Karla Einwände erheben konnte, kam Arno ins Zimmer.
»Hallo«, sagte er erfreut. »So viel Besuch, ist ja toll. Wollt ihr mit ›Disney-Club‹ angucken?«
»Nein«, sagte Karla. »Daniel will dir nur ein Buch geben.«
»Guck, das ist das Buch«, sagte Daniel und reichte es Arno.
»Das ist wirklich toll, das mußt du unbedingt lesen.«
Arno blätterte in dem Buch herum.
»Hoffentlich schaff' ich das«, sagte er.
»Klar«, sagte Daniel. Er drehte sich zu Karla um. »Wir gehen jetzt.«
»Na, endlich«, sagte Karla.
»Wollt ihr wirklich nicht mitkommen?« fragte Daniel.
»Das geht ja nicht. Ich muß doch auf meine Geschwister aufpassen«, antwortete Arno.

»Wir können ja auch was anderes zusammen machen«, sagte Daniel. »Hier drin.«
»Ich will aber Drachen steigen lassen!« sagte Karla.
»Das können wir doch auch noch morgen machen«, sagte Daniel. »Wenn die anderen auch Zeit haben. Zu mehreren macht das doch noch viel mehr Spaß.«
»Find' ich nicht«, sagte Karla. »Außerdem haben die nie Zeit.«
»Morgen vielleicht schon«, sagte Arno. »Morgen hat Mama ihren freien Tag...«
»Siehste«, sagte Daniel.
»Heut ist der Wind so gut«, sagte Karla. »Außerdem hab' ich mich schon so gefreut.«
»Dann ist es wohl doch besser, wenn ihr heute geht«, sagte Klaus-Uwe. »Wir können ja vielleicht ein anderes Mal was zusammen machen.«
»Ich geh' jetzt«, sagte Karla und ging durch den Flur zur Wohnungstür. Gerade, als sie die Tür öffnete, klingelte es. Mark stand draußen.
»Hä?« sagte er. »Bin ich jetzt im falschen Haus gelandet?«
»Bist schon richtig«, sagte Karla und ging hinaus.
»Ich wollt euch nur meine neue Videokamera zeigen«, sagte Mark zu den anderen, die inzwischen auch an die Tür gekommen waren.
»Ist ja hypermatisch!« sagte Arno.
»Kann man damit so richtig Filme machen?« fragte Klaus-Uwe.
»Laß mal sehen«, sagte Daniel und kam interessiert hinter den dreien her.
»Ja, also, ich zeig' euch das mal...« erklärte Mark stolz, und sie gingen wieder ins Wohnzimmer.
Karla war im Treppenhaus stehengeblieben.

»Karla! Karla, komm doch auch«, rief Daniel.
Karla guckte auf ihren Drachen. Unentschlossen ging sie zwei Stufen hinab. Sie wartete. Aus der Wohnung konnte sie die aufgeregten Stimmen der anderen hören. Was war nur an einer Videokamera so toll?!
Daniel kam nicht. Langsam drehte sie wieder um und ging in die Wohnung von Arno zurück.
Mark und Arno waren mittlerweile dabei, die Kamera an den Fernseher anzuschließen. Daniel und Klaus-Uwe beobachteten sie gespannt und gaben wenig hilfreiche Ratschläge.
»Vorsichtig, daß ihr keinen Schlag kriegt«, sagte Klaus-Uwe.
»Vielleicht müßt ihr den Fernseher noch ein Stück vorrücken«, sagte Daniel.
Karla tippte Daniel auf die Schulter. Er drehte sich um.
»Ich dachte schon, du wärst beleidigt abgezogen«, sagte Daniel.
»Und ich dachte, wir gehen jetzt raus!« sagte Karla.
»Laß uns doch nur noch kurz die Kamera ausprobieren«, sagte Daniel. »Dann gehen wir.«
»Dann ist es zu spät. Außerdem magst du doch sowieso lieber Bücher...?!«
»Es klappt, es klappt!« rief Arno.
Und tatsächlich: Im Fernseher konnte man sehen, was Mark gerade filmte. Ein verwackeltes Sofa hinter einem niedrigen Couchtisch, auf dem zwei leere Joghurtbecher standen; kurz unscharf Arno, der in die Kamera guckte.
»Setzt euch doch alle mal da aufs Sofa«, befahl Mark.
Alle quetschten sich zwischen dem Tisch hindurch aufs Sofa. Daniel hatte Karla einfach am Ärmel mitgezogen.
»Ich bin im Fernsehen«, rief Arno und winkte sich stürmisch zu.

Klaus-Uwe war ganz nervös und versteckte sein Gesicht kichernd hinter den Händen.
Daniel schnitt sich Grimassen.
»Noch 'n bißchen näher zusammen«, sagte Mark, der so tat, als wäre er schon ewig Kameramann.
Karla rührte sich nicht, und deshalb rückten alle an sie heran. Mark stellte sich genau so vors Sofa, daß sie jetzt alle zusammen auf dem Bildschirm zu sehen waren.
Klaus-Uwe, Arno und Daniel, die fröhlich in die Kamera lachten und herumalberten. Daneben Karla, die Arme verschränkt und ganz schön finster dreinblickend.
Karla betrachtete sich. Der Gegensatz war bemerkenswert. Besonders nett sah sie neben den anderen wirklich nicht aus. Sie legte die Arme auf ihre Knie.
»Wir...«, setzte sie zögernd an, aber da niemand zuhörte, sagte sie ganz laut: »Wenigstens müssen wir uns eine richtige Geschichte ausdenken. So ist das doch doof.«
»Genau«, sagte Daniel.
Mark ließ die Kamera sinken.
»Was denn für 'ne Geschichte?« fragte er.
»Ich hab' mal was im Fernsehen gesehen, mit fünf Kindern, die...«
»Das gab's doch schon«, unterbrach Daniel Arno. »Wir wollen doch was Eigenes machen.«
»Vielleicht könnten wir uns eine Geschichte ausdenken, in dem ein Burgfräulein mitspielt, und das könnte dann Clarissa...« fing Klaus-Uwe an.
»Nein«, sagte Karla.
Klaus-Uwe guckte sie gekränkt an.
»Warum denn nicht?« fragte er.

»Wir wollen das doch alleine machen«, erklärte Daniel. »Ohne die Großen.«
»Na gut«, murmelte Klaus-Uwe.
»Ihr könnt euch ja was überlegen«, sagte Mark und stellte die Kamera ab. »Ich muß jetzt gehen, sonst ist Mutti wieder sauer.«
Arno half ihm die Sachen zusammenpacken und brachte Mark zur Tür.
»Vielleicht eine Tiergeschichte«, überlegte währenddessen Klaus-Uwe laut.
Daniel schüttelte den Kopf.
Arno kam zurück und brachte Anna und Bella mit, die beide weinten.
»Sie sind aufgewacht«, sagte Arno zu Klaus-Uwe.
Klaus-Uwe nahm gleich ein Mädchen auf den Schoß und tröstete es. Das andere setzte Arno neben sich aufs Sofa.
»Ich... ich hab'...« schluchzte die eine auf Klaus-Uwes Schoß.
»Schlecht geträumt...« schluchzte die andere neben Arno und drückte ihren Kopf in seinen Arm.
»Von so großen Tieren...«
»... mit so großen Ohren...«
»Ist doch nichts passiert«, sagte Arno.
Klaus-Uwe streichelte den Mädchen den Kopf.
»Guckt doch mal, dafür kommt jetzt ›Micky Maus‹«, sagte Arno und knipste den Fernseher an.
Die Zwillinge schnieften und guckten auf.
Karla und Daniel schauten sich an.
»Wir gehen hoch zu uns«, flüsterte Daniel Karla zu.
Karla nickte. Gleichzeitig standen sie auf.
»Wir gehen jetzt«, sagte Daniel.

»Ja. Bis morgen«, sagte Arno.
»Genau«, antwortete Daniel.
Karla und Daniel gingen hinaus und ließen die anderen mit Micky Maus alleine.

Daniel setzte sich in ihrem Geheimzimmer in die Hängematte und ließ die Beine baumeln. Karla saß auf dem Kissen.
»Eine Geschichte ausdenken und dann so einen Film machen, das ist schon gut«, sagte Daniel, während er hin und her wippte.
»Wenn die anderen mitmachen«, sagte Karla, und man hörte ihrer Stimme an, daß sie nicht so ganz daran glaubte.
Daniel rieb sich die Nase. »Arno ist mit dem Zug gefahren und beklaut worden«, sagte er.
»Was? Hat er das erzählt?« fragte Karla. »Hab' ich gar nicht mitgekriegt.«
»Und jetzt müssen wir alle zusammen den Dieb finden.«
»Wir?« fragte Karla. »Ich weiß doch gar nicht, wie der aussieht und...«
»Ich mein' doch im Film«, sagte Daniel.
»Ach so.« Karla stand auf und setzte sich neben Daniel in die Hängematte.
»Ich mag gruselige Geschichten lieber. Mit einem Schloß und einem Vampir oder so.«
Daniel guckte Karla an. Als Karla ihn auch anschaute, zuckte sie kurz zusammen, mußte aber gleich darauf lachen: Daniel hatte den Mund ganz schaurig nach unten verzogen und zeigte seine oberen Zähne. Die Augen hatte er weit aufgerissen und starrte auf ihren Hals.
»Daf ift mein Flof und du bift mein Opfer«, sagte er und reckte

beide Arme in die Höhe. Gerade, als er Karlas Schultern packen wollte, kugelte sie sich nach vorne aus der Hängematte.
»Stell dir vor«, sagte sie und grinste breit. »Klaus-Uwe wär' jetzt schon längst in Ohnmacht gefallen!«
»Huuaaa«, machte Daniel und schmiß sich der Länge nach in die Hängematte, wo er wie tot liegenblieb.
»Da müssen wir uns wohl doch was anderes einfallen lassen«, sagte Karla lachend. »Zu gefährlich.«
Daniel setzte sich auf. »Das können wir ja morgen mit den anderen machen«, sagte er.
Karla nickte zögernd.

Karla staunte nicht schlecht, als sie am nächsten Tag mit ihrem Drachen zu Daniel ins Zimmer kam und dort Arno und Klaus-Uwe über ein Buch gebeugt auf dem Bett sitzen sah.
»Und da geht Hermann wieder zurück zu den anderen Schweinen«, erklärte Daniel und deutete auf ein Bild.
»Das ist ja süß«, sagte Klaus-Uwe.
Arno klappte das Buch zu. »Können wir jetzt los?« fragte er.
»Wir haben schon auf dich gewartet«, sagte Daniel und holte seinen Drachen vom Schrank.
»Kommt ihr mit?« fragte Karla erstaunt.
Arno nickte und zog zu Karlas Verblüffung einen Papierdrachen hinter seinem Rücken hervor. Klaus-Uwe war wieder in das Buch vertieft und sagte daher nichts.
»Und was ist mit Mark?« fragte Karla.
»Genau, wir wollten doch auch eine Geschichte für den Film erfinden«, sagte Daniel.
»Mit dem ist irgendwas, der kann nicht«, sagte Arno. Er boxte seinen Freund in die Rippen. Klaus-Uwe schreckte auf.

»Was?« fragte er.
»Was ist mit Mark? Du warst doch drüben«, fragte Arno.
»Ja, also«, begann Klaus-Uwe und legte das Buch beiseite.
»Also ich bin vorhin zu Mark gegangen«, sagte er. »Weil, wir wollten doch Drachen steigen lassen und ich dachte, er hat vielleicht Lust mitzukommen.«
»Ja und?« fragte Arno.
»Also erst war seine Mutter an der Tür, und die wollte mich gar nicht rein lassen«, erzählte Klaus-Uwe weiter. »Die sah gar nicht nett aus.«
Karla nickte.
»Aber dann hat sie doch erlaubt, daß Mark an die Tür kommt.«
»Und dann?« fragte Daniel ungeduldig, der Klaus-Uwes umständliche Art zu erzählen noch nicht kannte.
»Dann kam Mark«, sagte Klaus-Uwe.
»Und?« fragte Arno.
»Er hat mir seine neue Mütze gezeigt. Die ist so rot und hat vorne einen Schirm.« Klaus-Uwe deutete die Form mit den Händen an. Karla verdrehte die Augen.
Alle warteten darauf, daß Klaus-Uwe weitersprach.
»Und dann hat er gesagt, daß er heute nicht raus darf, weil er noch sein Zimmer aufräumen muß, weil morgen...«
»Aha«, unterbrach ihn Karla. »Dann können wir ja jetzt gehen.«
Daniel öffnete schon seine Zimmertür.
»Aber das ist doch wichtig, was morgen ist und das soll ich euch doch auch allen ausrichten«, sagte Klaus-Uwe.
»Was denn?« fragte Arno.
»Wenn ihr so ungeduldig seid und es gar nicht wissen wollt«, sagte Klaus-Uwe beleidigt.
Daniel schloß die Tür wieder.

»Erzähl schon«, sagte Karla.
Klaus-Uwe guckte alle der Reihe nach an und verkündete dann: »Er hat morgen Geburtstag und lädt uns alle um drei zu sich ein.«
»Ach«, sagte Daniel.
»Das sagt er aber ein bißchen spät«, sagte Arno. »Ich weiß nicht, ob ich morgen kann.«
»Ich glaube, seine Mutter hat es ihm erst heute erlaubt«, erklärte Klaus-Uwe. »Und er hat gesagt, wir sollen bitte, bitte alle kommen, es war ihm ganz wichtig. Es soll auch ein Clown kommen.«
»Machen wir«, sagte Daniel und öffnete nun endgültig die Tür.
»Wenn wir nicht rausgeschmissen werden«, setzte Karla hinzu.

Arno zeigte den anderen einen Berg, auf dem man bestens Drachen steigen lassen konnte. Karla hätte inmitten der Stadt nie so einen hohen Berg vermutet, sie wäre mit Daniel wahrscheinlich viel weiter raus gefahren.
Sie ließen ihre Drachen um die Wette hochsteigen. Obwohl Arnos selbstgemacht war – »Den hab' ich mal für Anna und Bella gemacht« – flog er ziemlich hoch.
Daniel hatte den größten Drachen, der wie ein Doppeldecker aussah, und kam damit am höchsten. Karlas Drachen stürzte leider ab und brach sich das Kreuz. Klaus-Uwe lieh ihr dafür seinen.
»Aber aufpassen«, sagte er.
»Klar«, antwortete Karla.
Sie ließ ihn geschickt steigen, doch dann kam sie zu nah an

einen Baum, und die Schnüre verhedderten sich in einem Ast. Karla mußte auf den Baum klettern, um den Drachen zu befreien.
»Tschuldigung«, sagte sie, als sie Klaus-Uwe den etwas ramponierten Drachen zurückgab.
»Ist ja nicht so schlimm«, sagte Klaus-Uwe.
Karla versuchte noch einmal, ihn steigen zu lassen. Es klappte.
Gegen vier Uhr wurde Arno unruhig.
»Gehen wir jetzt langsam?« fragte er. »Um fünf kommt nämlich ›Trick 7‹«.
»Nur noch 'n bißchen«, sagte Daniel.
Da es aber sowieso dunkel wurde, holten sie kurz darauf die Leinen ein und machten sich auf den Nachhauseweg.

»Was kann man denn jemandem schenken, der schon alles hat?« fragte Karla abends Mama und Papa.
»Du kannst ja ein Bild malen«, sagte Papa.
»Äh«, machte Karla. »Was soll denn Mark mit einem Bild von mir?!«
»Ach so, ein Kind«, sagte Papa. »Wußt' ich ja nicht.«
»Mark hat morgen Geburtstag, und da bin ich eingeladen«, erklärte Karla. Papa nickte.
»Das ist ja schön«, sagte Mama. »Dann hast du dich also mit den anderen Kindern wieder versöhnt?«
»Hm«, brummte Karla. »Ich geh' mit Daniel hin.«

Kurz nach drei holte Daniel Karla ab.
Vor Marks Wohnung fuhr sich Karla noch einmal mit den Händen durch die Haare, um ein wenig ordentlicher auszusehen.

Erwartungsgemäß öffnete ihnen Marks Mutter. Sie kniff die Lippen noch ein bißchen fester zusammen, als sie Karla sah, ließ sie aber widerstandslos eintreten.
»Ich bin Daniel«, stellte sich Daniel höflich vor und streckte Marks Mutter die Hand hin.
»Guten Tag«, erwiderte Marks Mutter, ohne die Hand zu ergreifen.
Sie führte sie in das dunkle Eßzimmer. Obwohl überhaupt nichts zu hören gewesen war, waren doch schon mehrere Menschen da. Um den ovalen Tisch saßen eine ältere Frau und ein Mann, wobei der Mann bemerkenswerte Ähnlichkeit mit Marks Mutter hatte. An einem kleinen Tisch im hinteren Teil des Raumes saßen Mark, Arno und Klaus-Uwe. Keiner sagte etwas.
»Hallo«, begrüßte Daniel die Runde. Karla nickte nur. Der Mann und die Frau blickten sie kurz an, sagten »Guten Tag!« und widmeten sich dann wieder ihren Kaffeetassen.
»Hallo«, sagte Arno.
Klaus-Uwe lächelte erleichtert. Mark stand auf. »He, soll ich euch gleich zeigen, was ich alles geschenkt bekommen hab'?« fragte er.
»Mark«, sagte seine Mutter. »Wenn jetzt endlich alle deine Gäste da sind, dann sollten wir den Kuchen anschneiden!«
Mark setzte sich wieder.
Karla und Daniel bekamen gegenüber von Arno und Klaus-Uwe ihren Platz zugewiesen.
»Schön, daß ihr gekommen seid«, sagte Klaus-Uwe.
Marks Mutter ging fort, um den Kuchen zu holen. Der Mann und die Frau schielten zu den Kindern hinüber.
»Früher war die Jugend noch pünktlich«, sagte der Mann laut

hörbar zu der Frau. »Aber heutzutage...« Er schüttelte mißbilligend den Kopf.
»Schrecklich«, bestätigte die Frau.
Marks Mutter kam zurück und gab jedem ein Stück Kuchen auf den Teller. Karla und Daniel schenkte sie Kakao ein.
»Wenn ihr noch was wollt, dann sagt das, ja?! Ihr verschüttet mir sonst alles.«
Sie setzte sich zu dem Mann und der Frau und begann sich mit ihnen gedämpft über das Kuchenrezept zu unterhalten.
Daniel beugte sich zu Mark hinüber.
»Wer sind denn die beiden?« fragte er leise.
»Mein Onkel und meine Tante«, antwortete Mark und verzog den Mund.
»Ich wußte gar nicht, daß es auch einen *Onkel* Zinke gibt«, flüsterte Daniel Karla zu.
Karla mußte lachen und verschluckte sich. Sie hustete, Daniel klopfte ihr auf den Rücken. Die Erwachsenen starrten sie entsetzt an.
»Entschuldigung«, sagte Karla, als sie wieder Luft bekam.
»Bitte«, sagte Marks Mutter kühl. Marks Onkel schüttelte wieder den Kopf.
Während sie nun anfingen, ihren Kuchen zu essen, behielt sie Marks Mutter genau im Auge, daß sie auch ja nicht kleckerten.
Als Arno sich sein Stück Kuchen in den Mund schieben wollte, schrie Marks Mutter regelrecht auf, daß Klaus-Uwe vor Schreck fast die Tasse aus der Hand gefallen wäre.
»Doch nicht mit den Fingern, Junge«, sagte sie. »Wozu hab' ich denn die Gabeln hingelegt?!«
Arno legte den Kuchen wieder auf den Teller und bearbeitete

seinen Kuchen umständlich mit der Gabel. Die anderen machten es ihm nach.
Keiner traute sich so richtig, ganz normal zu sein.
»Sollte nicht noch ein Clown kommen?« fragte Karla.
»Genau...« sagte Daniel.
»Das war nur so 'ne Idee von mir«, sagte Mark. »Hat nicht geklappt.«
Da er merkte, wie unwohl sich seine Gäste fühlten, versuchte er, die Stimmung etwas aufzulockern.
»Ich hab' 'nen Fernseher geschenkt bekommen«, sagte er zu Arno.
»Ja? Können wir den mal ausprobieren?« fragte Arno.
»Mutti, dürfen wir aufstehen?« fragte Mark und hatte sich schon halb erhoben.
»Jetzt bleibt doch mal ein bißchen hier«, antwortete seine Mutter. »Seid doch nicht so ungemütlich.«
Mark ließ sich wieder zurück auf seinen Stuhl plumpsen.
»Nachher«, sagte er kleinlaut.
»Wir können uns ja solange die Geschichte für den Film ausdenken«, schlug Daniel vor.
Karla nickte.
»Ich glaub', ich geh' bald«, sagte Arno.
»Ich auch«, schloß sich ihm Klaus-Uwe an.
Karla schaute hinüber zu Mark, der in seinem Stuhl immer kleiner zu werden schien und ziemlich zerknirscht aussah. Er tat Karla leid.
»Das ist gemein, wenn ihr jetzt geht«, flüsterte sie Arno und Klaus-Uwe zu.
»Genau«, sagte Daniel. »Jetzt sind wir schon mal alle zusammen...«

»Und außerdem ist Mark dann wieder alleine mit den Schreckschrauben.«
Klaus-Uwe guckte ängstlich zu den Erwachsenen, ob sie auch nichts gehört hatten. Die tranken weiter ihren Kaffee und waren inzwischen beim Thema ›Autoverkehr in der Stadt‹ angelangt.
»Was sollen wir denn machen?« fragte er.
»Wir sollten zu einem von uns gehen und da weiterfeiern«, sagte Daniel.
»Das wär' schön«, sagte Klaus-Uwe.
»Das geht doch nicht«, sagte Mark.
»Wir fragen auch für dich«, sagte Daniel.
»Aber...«
Marks Mutter blickte zu ihnen herüber.
»Aber ich darf dann sowieso nur ganz kurz, und dann ruft sofort Mutti an, und ich muß wieder gehen«, flüsterte Mark.
»Das können wir vergessen.«
»Wir gehen einfach nicht ans Telefon«, sagte Karla.
»Die holt mich, darauf kannste Gift nehmen.«
»Zu wem würden wir denn überhaupt gehen?« fragte Arno in die entstandene Stille hinein. »Bei mir geht's heute nicht, weil Anna und Bella Windpocken haben.«
»Zu mir«, antwortete Daniel. »Oder...«
Sein Gesicht hellte sich plötzlich auf. Er guckte Karla an, die aber nicht gleich begriff, was er meinte.
»Ich weiß, wohin. Da findet dich keiner, Mark. Das wird euch bestimmt gefallen. Ihr müßt unbedingt mitkommen, da können wir machen, was wir wollen. Richtig feiern, ganz ohne Erwachsene.«
»Gibt's da auch 'nen Fernseher?« fragte Arno.
»Ne, aber da ist es auch ohne Fernseher hypermatisch«, sagte

Daniel. »Los, Klaus-Uwe, du fragst Marks Mutter, ob er noch kurz zu dir kann...«

»Was, ich? Aber warum denn ich? Er geht doch gar nicht zu mir.«

»Du bist der Vertrauenswürdigste von uns. Du machst das schon. Und du...«

»Daniel«, unterbrach ihn Karla, die mit einem Mal ahnte, wohin Daniel sie alle bringen wollte. »Wohin willst du?!«

Bevor Daniel antworten konnte, stand Marks Mutter auf und kam zu ihnen herüber.

»Mark, spiel Onkel Bernhard doch mal was auf deiner Flöte vor«, sagte sie.

»Aber Mutti«, wehrte sich Mark und wurde ganz rot.

»Nun zier dich nicht so.«

Seine Mutter zog ihn am Arm hoch. Sie stellte ihn vor dem ovalen Tisch ab und rückte die Stühle so um, daß Onkel Bernhard nebst Frau und sie selbst Mark wie in einem richtigen Konzert begutachten konnten.

»Und ihr steht am besten auf und kommt her«, sagte sie zu den Kindern. »Damit ihr auch was seht.«

Daniel, Karla, Arno und Klaus-Uwe stellten sich neben dem ovalen Tisch auf.

Seine Mutter reichte Mark die Flöte, die sie von einem der dunklen Regale an der Seite geholt hatte. Mark begann zu spielen. Dabei schaute er die ganze Zeit auf den Boden.

»Daniel, wenn du die alle in unser Geheimzimmer führen willst...« zischte Karla Daniel zu.

Der Onkel von Mark drehte sich vorwurfsvoll nach ihnen um. Er musterte sie scharf und wendete sich dann wieder nach vorne.

»Du hast versprochen, es niemandem zu verraten, niemandem!« flüsterte Karla.
»Aber Karla, das ist doch die einzige Möglichkeit für Mark hier...«
»Psst«, machte Marks Mutter ärgerlich.
Karla zwickte Daniel in den Arm und guckte ihn wütend an.
Daniel wich ihr aus und stieß dabei gegen den Tisch.
Marks Mutter drehte sich um. Sie kniff den Mund zusammen und schüttelte wie ihr Bruder mißbilligend den Kopf. Dann lauschte sie wieder dem Flötenspiel ihres Sohnes.
Der Kuchen stand immer noch auf dem Tisch. Daniel streckte die Hand aus und griff hinter dem Rücken der Erwachsenen nach einem Stück Kuchen, das er sich in die Hosentasche stopfte. Mark sah es und verspielte sich prompt.
»Tststs«, machte seine Mutter.
Mark machte die Augen zu.
Daniel holte sich noch ein zweites Stück Kuchen. Arno, der auf der anderen Seite stand, machte es ihm nach.
Vier Stücke konnten sie so ergattern.
Als Mark mit dem Flötenspiel fertig war, zupfte Daniel Klaus-Uwe am Ärmel.
»Du bist dran«, forderte er ihn auf.
Karla warf Daniel einen warnenden Blick zu.
»Ja, aber, ich...« stotterte Klaus-Uwe.
»Klaus-Uwe hätte da eine Frage an Sie«, sagte Daniel.
Marks Mutter wandte sich ihm zu.
»Ja?« fragte sie.
»Ja, also ich... also ich...«
Daniel guckte ihn auffordernd an.

»Ich, also, wollte fragen, ob, also, ob, ob Mark, also ob er, vielleicht, noch ein bißchen, also zu mir kommen könnte?«
»Warum das denn?«
»Weil, also, weil, ja.« Klaus-Uwe fiel nichts mehr ein.
»Wissen Sie, seine Schwester hat eine ganz tolle Flöte, eine Riesenflöte aus dem letzten Jahrhundert, die will er Mark zeigen, weil der doch so gut spielen kann«, half ihm Daniel weiter und rieb sich dabei die Nase.
»Kannst du die nicht herbringen?« fragte Marks Mutter.
»Nein, also, weil, also, Clarissa, also, meine Schwester, die gibt die, also die Flöte nicht her.«
»Und er hat doch heute Geburtstag«, sagte Arno.
»Na gut«, willigte Marks Mutter nach kurzem Überlegen ein.
»Danke«, sagte Klaus-Uwe.
Daniel winkte Mark zu, der ganz verdattert mit der Flöte in der Hand stehengeblieben war.
Einer nach dem anderen verabschiedete sich höflich von den Erwachsenen.
»Aber bleib nicht so lange«, sagte Marks Mutter.
Mark nickte unbestimmt.
Still und unauffällig, um nicht noch einen Rückruf von Marks Mutter zu provozieren, gingen sie zu fünft aus der Wohnung. Doch sobald die Tür hinter ihnen ins Schloß gefallen war und Mark erleichtert aufatmete, fuhr Karla Daniel an: »Wenn du die ins Geheimzimmer führst, dann bist du ein gemeiner Verräter!«
»Was für ein geheimes Zimmer?« fragte Arno neugierig.
»Wohin gehen wir denn jetzt?« fragte Mark. »Ich möcht' hier nicht so lang rumstehen.«
»Zu mir«, antwortete Daniel.

Er lief die Treppe hinunter, die anderen folgten ihm.
»Ich dachte, wir gehen wohin, wo uns niemand finden kann«, sagte Klaus-Uwe atemlos, als sie im Nachbarhaus die Stufen hochstiegen.
»Ja…« sagte Daniel zögernd und schaute zu Karla.
»Ich sag' dir, dann bist du nicht mehr mein Freund«, drohte sie ihm.
»*Du* bist kein Freund!« erwiderte Daniel unerwartet heftig. »Jetzt können wir einmal wirklich jemandem mit dem Zimmer helfen, und dann stellst du dich so an!«
Karla blieb stehen.
Die anderen gingen die letzten Stufen hinauf.
Klaus-Uwe guckte besorgt von Daniel zu Karla.
»Vielleicht sollten wir doch woanders hingehen«, sagte er.
»Nein«, sagte Daniel.
Sie waren inzwischen vor der Wohnungstür von Daniel angelangt.
»Und jetzt müßt ihr alle ganz leise sein«, sagte Daniel. »Wir müssen uns jetzt durch die Wohnung schleichen, ohne daß Mami uns hört. Klar?!« Die anderen nickten.
Daniel schloß leise die Tür auf und horchte hinein. Seine Mutter saugte Staub. Verschwörerisch winkte er die anderen zu sich.
Karla blieb unten auf der Treppe stehen. Sie konnte es nicht ertragen, daß Daniel einfach so ihr Zimmer verriet. Aber als alle nacheinander richtig indianermäßig in die Wohnung geschlichen waren und Daniel extra noch mal an die Tür kam, um nach ihr zu gucken, ging sie doch hinterher.
Daniels Mutter saugte im Schlafzimmer. Sie huschten an der angelehnten Tür vorbei in die Küche und von dort in eine

Nebenkammer, in der bei Daniel die Tür zu dem verborgenen Treppenhaus war.
»Wo geht's denn hier hin?« fragte Klaus-Uwe ängstlich, als Daniel die Tür öffnete. Aber niemand antwortete ihm. Alle waren ganz von der geheimnisvollen Stimmung gefangen, die Daniel durch sein Schweigen noch verstärkte.
Daniel ging voraus. Er flüsterte den anderen Warnungen zu, wenn die Treppe morsch war, wie es Karla damals bei ihm gemacht hatte.
Obwohl sie nicht mehr leise sein mußten, schlich Daniel auch noch stumm durch den großen Dachboden, um es spannender zu machen.
Vor der Tür zu ihrem Geheimzimmer blieb er feierlich stehen und wartete, bis sie alle um ihn herumstanden.
»Das ist das Tor zu der wunderbaren Welt, wo arme geschlagene Kinder Rettung und Kuchen finden«, sagte er und drückte die knarrende Tür auf.
Langsam traten die anderen ein.
Staunen machte sich auf ihren Gesichtern breit.
»Das ist ja toll«, fand schließlich Mark seine Stimme wieder.
»Ein Zimmer, wo einen gar niemand finden kann!«
»Hypermatisch«, sagte Arno.
»Ein bißchen dunkel«, bemerkte Klaus-Uwe.
Daniel ging zu dem kleinen Tisch und zündete die Kerze an.
Im flackernden Licht gingen sie bewundernd durch den Raum und schauten sich alles an.
»Und was ist da drin?« fragte Arno und deutete auf ihre Schatztruhe.
Daniel zuckte mit den Schultern. »Vielleicht ein alter Fernseher«, sagte er.

Karla war etwas abseits an den Türrahmen gelehnt stehengeblieben.
»Und wem gehört das alles hier?« fragte Klaus-Uwe.
Daniel guckte Karla an, die nichts sagte.
»Uns, also Karla und mir. Also erst Karla«, fügte er hinzu.
»Das ist spannend«, sagte Arno zu Karla. »Fast so spannend wie ›Enterprise‹.«
»Besser«, sagte Mark.
»Und jetzt feiern wir Geburtstag«, sagte Daniel und legte den Kuchen auf den Tisch. »Deshalb sind wir ja hier.«
»Ja«, sagte Mark. »Ich krieg' zwar mordsmäßig Ärger, aber das ist jetzt ganz egal. Ich bleib' hier.«
Er setzte sich auf das dicke Kissen. Daniel, Arno und Klaus-Uwe setzten sich auch hin. Nur Karla blieb stehen.
Sie fingen an, den Kuchen zu essen. Daniel und Klaus-Uwe brachen von ihrem Stück ein Teil ab und legten es für Karla auf den Tisch.
»Komm doch«, sagte Daniel.
Genüßlich leckten sie sich die Finger ab. Daniel machte Marks Onkel nach, indem er fortwährend den Kopf schüttelte und mit verstellter Stimme »Also Kinder« sagte.
Sie lachten. Karla kam näher und nahm sich den Kuchen.
»Jetzt fehlt nur noch der Clown«, sagte Mark.
»Ich hab' da mal was im Fernsehen gesehen«, sagte Arno. »Von so Clowns, die hatten Mülltonnendeckel an den Füßen.« Er stand auf. »So ungefähr.«
Er tat so, als ob er riesige Scheiben an den Füßen hätte und tanzte umständlich herum. Er sah zu komisch aus. Mark lachte am lautesten.
»Eine richtige Party«, sagte Mark.

Karla, die das Ganze still beobachtet hatte, ging plötzlich hinaus.
»Was hat sie denn?« hörte sie Klaus-Uwe fragen. »Ist sie böse?«
Daniel rief ihr nach, aber Karla drehte sich nicht um.
Sie ging die Treppe hinunter und schlüpfte in den Wandschrank. Sie hörte, wie Mama in der Küche etwas vor sich hin summte, aber das war egal. Karla wollte gar nicht in die Wohnung. Sie schaute sich im Schrank um und fand, was sie suchte. Leise ging sie wieder zurück in das verborgene Treppenhaus. Schon von unten konnte sie das Kerzenlicht sehen und die anderen leise sprechen hören.
Als sie die Tür zum Geheimzimmer öffnete, herrschte abruptes Schweigen.
Alle starrten zu ihr hinüber.
Karla kam herein, blieb einen Augenblick effektvoll stehen und zauberte dann eine Flasche Cola und eine Flasche Orangensaft hinter ihrem Rücken hervor.
»Das hat für eine richtige Party noch gefehlt«, sagte sie und stellte die Flaschen auf den Tisch.
Die Bande jubelte.
»Megamatisch«, sagte Arno und griff nach der Colaflasche.
Karla setzte sich neben Daniel, der ihr freundschaftlich in die Seite knuffte.
»Ich hab' jetzt auch eine Idee für den Film«, sagte Karla. »Ein Junge haut von zu Hause ab und versteckt sich hier oben. Oder er wird entführt, von den anderen Kindern. Am besten, wir fangen gleich morgen damit an.«